AF280496

Roman Seite, Rinderarm am städtischen Unfallkrakenhaus von Karl-Marx-Stadt, wurde von einer Kinderranke, der ein faustgroßes Tattoo seiner späteren Verlobten am rechten Ohrläppchen eines Koalabärweibchens zu vorgerückter Stunde im Nebenzimmer einer wahnsinnig gut aussehenden Ledergarnitur.

Das hier vorliegende Werk "Warenhaus der Möglichkeiten" schrieb Seite mit 18 Jahren, stark beeinflusst von seiner damaligen leiblichen Stiefmutter, eine, die beim Angeln saß. Die Gedanken zogen zeitlos vorüber. Doch die eine oder andere Mücke stach und saugte die Gedanken aus ihrem Arm. Seitdem hat er nie wieder ein Buch geschrieben.

Getrieben vom Mahlstrom seiner Produktivität, erhob er seine obszön verinnerlichten Machtansprüche mit der Finesse eines Pudelentwurmers, zur Befehlsgewalt einer sakrosankten Drei-Männer-im-Schnee-Gala.

Seine Spur verliert sich in St. Ischgl, wo er sich angeblich erfolglos zurückoperieren ließ und sich seitdem Ramona, bzw. Romina nennt.

Heute lebt Seite alleine an der Seite seiner Frau Helena. Seinen Lebensunterhalt verdiente er sich zuletzt mit Betteln oder dem Handel mit Aktbildern von Großunternehmern in prekären Situationen (200.000,– pro Bild). Mittlerweile ist Helena Alleinverdienerin und macht in Herrenslips.

Roman Seite

"Warenhaus der Möglichkeiten"

*Für Wendy*

**Bibliografische Information der Deutschen Nationalbibliothek**

Die Deutsche Nationalbibliothek verzeichnet diese Publikation in der Deutschen Nationalbibliografie; detaillierte bibliografische Daten sind im Internet über http://dnb.d-nb.de abrufbar.



Herstellung und Verlag: Books on Demand GmbH, Norderstedt

ISBN: 978-3-837-001891

www.warenhaus-der-moeglichkeiten.de

Es war an einem Donnerstag. Das grüne Sakko versagte mal wieder. Der Kühlschrank war auch leer. Biblische Öde brandete aus dem obersten Fach, weissgelbe Dürre flutete aus der Eisbox. Und Moos wuchs auf dem Sakko.

„Ich habe prinzipiell etwas dagegen, dass man Nahrung auch isst", meinte Marika. „Was ist mit meinem Negligé ?" fuhr sie fort. „Hast du das etwa wieder zur Arbeit angezogen ?" Er ging nocheinmal die Reihen im Kleiderschrank durch. Moos wuchs auf ihren Strumpfhosen. Als er sie aufnahm, blieb das Nylongewebe an einem Holzspan hängen und die Hose riss mit einem dunkelbraunen Geräusch.

„Scheisse !", sagte Kris, „Das war meine letzte Hose. Jetzt haben wir keine mehr."

Irgendwo in der Nachbarschaft splitterte Glas und das gequälte Jaulen eines 2-jährigen Hundes ertönte. In diesem Moment stürzte er vom Balkon.

Kris ging in das Schlafzimmer und betrachtete nachdenklich die Kokons, die im Schuhkarton gestapelt waren. Er fuhr sich mit der Zunge durch die Zähne. Ein leichter Nachgeschmack von Kokosraspel und Alkohol war nicht zu verdrängen. Aber bis Samstag würde sich das legen.

Nachdem die Uhr 1 geschlagen hatte, war es Zeit, das Mittagessen vorzubereiten. Da klingelte es an der Tür. Marika bügelte sein Sakko und aus dem dampfenden Bügelsmog stieg ein starker Kokosgestank auf.

„Sieg, Sieg !", rief sie. „Verfluchtes Stück Kleidung, verfluchtes !"

„Franzbrötchen !", rief der Besucher.

„Was möchtest du, ein Bier oder 'n Saft ?", fragte Kris.

„Ja, 'n Saft." Er setzte sich.

„Flasche oder Glas ?"

„Ja, Flasche...mal seh'n."

Das Glas traf auf der Strasse auf und zersplitterte in 12 Untersplitter, dann in 24 Unteruntersplitter und diese wiederum in 45 Teile. Es gab kein Zurück mehr. Die Flasche war tatsächlich zerbrochen.

„Das war unsere letzte !", kreischte Marika, die sich in ein zauberhaftes Negligé hineingeschmunzelt hatte, während ihr Gatte die Flasche fallenließ. „Fucking, fucking, fucking", dachte sie damals, als sie vor dem Traualtar standen. Sie hatte geahnt, dass die schönste Zeit ihres kleinen unbedeutenden Lebens unwiederbringlich perdu war.

Kris machte sich derweil keine Gedanken über sein berufliches Fortkommen, wie er es sonst so gern um diese Uhrzeit tat. Der überraschend eingetretene Gast gab zu erkennen, ortsunkundig zu sein und zeigte immer wieder auf die Fresken, welche begannen, sich von der Decke zu lösen.

„Marika, Marika, Marika, ist mein Sakko schon fertig ?" Beißend gelber Rauch quoll aus dem Bügelzimmer, das ca. eineinhalb mal so groß war, wie der Red River in einer Dürreperiode.

Der Gast verlangte nach einer Leiter. Kris fragte ihn etwas geistesabwesend, ob er sie rektal einführen möchte.

Goldgelber Qualm drang nun aus Marikas Mund. Das Bügeleisen brach wie eine knackige Waffel...

„Oh nein !", sprach Sascha und blickte aus dem umherziehenden Auto. Jedoch wurde es dunkel und die Uhr lief dem Ende zu. Als aber die Uhr merkte, woran sie war, sagte sie zu Sascha:

„Gott im Himmel, Steffi ist nicht in ihrer Mansarde"...

Marika sah von ihrem Eisen auf. Wieder eine dieser Visionen. Das hatte sie seit ihrer Kindheit nicht mehr erlebt, als sie ständig glaubte, große Orangen würden auf sie zurollen, über das Gras.

Ernst schlug die Zeitung auf. In großen Lettern sprach die Zeitung ihn an:
"KANN EIN MENSCH SO KLAR SEIN, DASS EIN AUGE DURCH ZWEI FINGER PASST ?"
Das war das Stichwort für den Bananensüchtigen. Er spritzte sich ein Bund Bananen in die Vene, was ihm heute allerdings nur wenig Freude bereitete. Seine Venen waren einfach zu dick.
„Haaaaaaaaaaaltet alle bitte einmal für eine Minute das Maul", bat er höflich. Dann riss ihm der Geduldsfaden. Die Uhr schlug neun. Er goss sich, auf zwei Beinen balancierend, mit dem Mittelfinger ein Glas Punsch auf den Mittelfinger.
Marika spazierte in ihrem Negligé zwischen den beiden Männern herum. Ihre schweren Brüste bewegten sich unter dem Kleidungsstück wie zwei Antilopen im tropischen Regen.
Spontan nahm er die Axt, durchschlug eine gelbe Orange und sprach:
„Ihr seid alle nur meine Brüder sowie die Russin auf der ersten Seite."
Die schweren Brüste der Russin drangen mit schier unglaublicher Gewalt durch die feststofflichen Körperteile von Kris, der wie betäubt auf der Seite lag. Ein leises Röcheln war zu vernehmen, als ihre Schenkel zu zappeln begannen.

Am nächsten Morgen waren die Teile des 2-jährigen Hundes von einem schweren Regen an die Seite der Straße gespült worden. Gut, es war ja auch Freitag. Der letzte Tag der Arbeitswoche. Heute war wieder Generalinspektion der Schreibtische.
„Mein Bier ist alle !", stöhnte Kris und zerriss sein T-Shirt. Anschließend biss er in ihren Slip, so dass sie in Tränen

ausbrach und so wie sie war aus dem Haus lief. „Spannung, Action, gute Laune...häh", rief Kris ihr hinterher. Dann zerschnitt er sein gelbes Hemd in kleine ovale Stücke, die er geordnet auf die Treppenstufen des Hauses legte.

In diesem Moment kam Herr Petzolt in den Flur und ging sofort wieder in sein Appartement zurück. Damit konnte, ja wollte er nichts zu tun haben. Heisse Tränen liefen ihm über das geschwollene Gesicht, bis er zu der Tür seines Appartements gelangte. Fast blind vor Wut und Trauer über das eben Erlebte, zog er langsam ein 30 cm langes Holzbein aus dem Schrank in der Diele. Gelassen lief er ins Bad und warf die Zahnpasta aus dem Fenster. So war der Frieden in der heimischen Walhalla wieder hervorgezaubert.

Dann begann er, sein holziges Bein zu schrubben, zu liebkosen und für klug zu erklären. Innerhalb einer halben Stunde rann ihm der gesamte Schwachsinn aus den Poren. Kurze Zeit später war alles vorüber und er verließ seine Hundehütte.

Wolken zogen auf. Kris hatte inzwischen nachgedacht und hielt sich beide Hände auf das Gesicht.

„Warum pack' ich's nicht...warum pack' ich nicht ganz einfach die Koffer und reise ab ? Warum heirate ich nicht erneut eine andere schöne Frau ? Wer sagt denn, dass eine Strafe nicht gleichzeitig eine Chance auf einen Neubeginn darstellt ? Ich kann hier nicht bleiben, die Geschehnisse der letzten Weihnacht bei Kris und Marika waren eine Farce !" Nur zu deutlich führten sie ihm das Scheitern der eigenen Ehe vor Augen. Es musste also eine Trennung erfolgen, wenn auch nur auf Zeit, aber es musste. Sodenn nahm er seine sieben Sachen, sein letztes Hemd und die Ohrringe seiner Braut und stürzte zum nächsten Airport, der in Richtung Westzeitraum zeigte. Am

Airport angekommen, begab er sich in die Hand anderer. Es würde alles gut werden. Vielleicht.

„Zum Kuckuck, wo ist meine Brahmanen-Puppensammlung ?“, kreischte H.Q. Girlanda. „Ich muss darauf bestehen, dass augenblicklich deutsche Soldaten den Rhein mimisch darstellen sollen“.

H.Q. Girlanda war einer der wenigen, denen eine Moralphilosophie noch etwas bedeutete. Er war ein siebzigjähriger Teppichhändler, der die süffisanten Höhen und Tiefen des Lebens voll ausgekostet hatte. 14 Ehen hatte er hinter sich gebracht, von denen allerdings nur 12 legal waren.

Der Freitag rollte auf ihn zu. Die Sonne blickte tiefhängend durchs Fenster. Da brach der Baum in Teile, die nicht zu beschreiben waren. Die Hoffnung war zwar aufgegeben, aber nicht los. Dunkle Wolken zogen auf, Regen peitschte in die Sonnenstrahlen, so dass ein lustiges Farbenmeer entstand. Geblendet von diesem Naturwunder verharrte H.Q. Girlanda im Lotussitz. Regungslos steigerte sich seine Erregung in einen quadratischen Raum, in dem ein alter Gaul zwei jungen Mädchen Öl in die Ohren goss. Die trickflüssige Substanz blubberte ein-, zweimal in ihren Muscheln.

„Sowas hab’ ich zuletzt in der ’Wer-mag-mein-Zahnrad-mögen-Show’ gesehen. Das war am 03.04.79. An diesem Tag, ich weiß es noch genau, kam meine Großmutter nieder. Drüben, im Nebenraum, saß ein Perser und zerkrachte Nüsse innerhalb seines Gebisses. Die Show war ein voller Erfolg. Einer der Teilnehmer zerbiss fünfhundert Kondome mit einem einzigen Zahn. Er wurde aber nur Zweiter. Meine Großmutter hingegen nahm ihr Schicksal gelassen hin.“

Als im Nebenraum des Nebenraums über der Küche Hälse umhergingen, sank der Gaul in sich zusammen. „Bretter, Bäume, Bretter, Bäume, Bretter, Bäume“, seufzte er

fröhlich und sog an seiner Wasserpfeife. „Komische Leute, ICH habe sie nicht eingeladen, ICH nicht, miene Herren!"
Die Großmutter hatte keine Lust mehr auf Gebären und brach die Niederkunft ab. Der beiwohnende Arzt kramte in seinen Hosentaschen und suchte nach einer Hand, die er vorhin einer begriffsstutzigen Apachenfrau abgekauft hatte. Zur Selbstdarstellung war dieser spezielle Gegenstand nicht so geeignet, aber immerhin erweiterte sich so seine Weltsicht um ein Beträchtliches.
Immer noch wackelte der Nebenraum so stark, ohne dass sich jemand umdrehte. Keiner sah, wie der Arzt ihr 8 Goldzähne zog und sie einsteckte, als sei es nur ein kalter Dienstag im Juli.

Im selben Moment erschien der stadtbekannte Kris und ließ verlauten, er habe sich nun entschieden, doch nach Marika zu suchen. Wie fehlten ihm ihre gregorianischen Ausbauten und der schelmische kleine Hund. Selbstverliebt klebte er einer herumstehenden Angestellten ein Florentinerhütchen auf den Straßenschuh. Tatsächlich aber war Marika nicht abwesend. Sie lockerte ihre Wadenmuskulatur, während sie die Unterwäsche ihres Mannes mit einem Lächeln anzog. Keiner wollte sie massieren, um als erster sie ihres Lächelns zu berauben. So sah sie sich in einem Sumpf aus Neugier und unerfüllten Sehnsüchten.
Die braungebackenen Waffeln dufteten bis weit über die Grenze ihres Massageraumes hinaus.
„Lecker, lecker", dachte sie und erfühlte die baumschwere Massagemasse in ihrer Substanz als solche. Sie strich mit ihren blaubemalten Pfoten das Preiselbeerkompott langsam und genüsslich über die Auslegeware und summte ein fröhliches Requiem.

„Ich liebe Kris, aber er ist ein Idiot. Ich kann seine Handlungen nicht nachvollziehen."

Dann wickelte sie sich in ein Schamanenkostüm aus Elchfedern ein. Den Elch hatte sie aus dem 13. Jahrhundert auf einem Jahrmarkt in Tadschikistan ersteigert. Sie leckte sich die Fußsohlen, auf denen noch etwas Preiselbeerkompott quiekte. Sie konnte es nicht leiden, wenn die Fruchtkerne zwischen den Zehen klebten. Leichthin nahm sie ein Zündholz, welches zwar holzig, aber auch irgendwie erotisch schmeckte.

„Mensch, wenn Kris nicht so kleinkariert wäre, man könnte ihn auch mit einer Taschenuhr vergleichen", sagte sie mit ironischem Schmunzeln. Würde ihre Schwester mit sich reden lassen ?

Sie nahm also den Telefonhörer auf und wählte. Ein durchdringender Pfeifton erklang und bohrte sich windend, schlängelnd und genießerisch in ihr Ohr.

„Karin ?", fragte sie, als am anderen Ende dumpfe Leere erklang.

„Ja ?"

„Hier ist Marika, die andere Tochter unserer Eltern. Hast du Kris gesehen ?"

„Er trainiert die Dumpfbacken der Sorglosen, er verscharrt die Überreste der Feinschmecker, er garniert ihre lustigen Gräber, er versorgt die Fischmägen, die gebenedeit sind wie die Frucht des Leibes, er kulminiert in Adidas-Farben, ja, Kris."

„Karin ?" Sie schwieg eine Weile.

„Marika, liebe Marika, andere Tochter unser beider Eltern, dein geliebter Kris, der Schande über unsere Familie gebracht hat, der unseren Namen getilgt hat aus den Büchern Ariodots bis ins siebente Glied, der, den du meinst, ist hier !"

Marika: „Ich glaub's nich', das glaub' ich nich', du Hündinjudo."
Karin: „SCHERZ GEMACHT, SCHERZ GEMACHT..."
Wie Eiswürfel rann, rollte, kugelte es über ihren Alabasterrücken. Mochte aber auch sein, dass es nur der Zug war, der durch den Raum blies. Karin hatte schon immer die besseren Haarspangen für sich behalten.
Die Sirene am Werkstor rief nach der nächsten Schicht. Der Lärm wurde unerträglich, so dass Marika sich vor den Spiegel stellte und in die Finger pfiff. Sollte die Schicht wiederholt werden um den Siebzehnten ? Marika legte auf und puderte sich für ein paar Stunden die Nase.
„Ich könnte mal wieder mit Kris ausgehen, vielleicht in die Oper. Naja,...hat er nicht das letzte Mal im Konzert 'Kann ich noch ein Glas Wasser haben, ihr Schweine', mitten im zweiten Akt von Verdis 'Rigoletto' geschrien ? War das peinlich gewesen, aber auch irgendwie süß."
Sie betrachtete ihre schlanke Gestalt, die sich im Fensterglas spiegelte, wie eine durchsichtige Vision aus Brüsten, Taselern, Beinen, Türmen und Wolkenbädern. Fein. Zufrieden konnte sie sein mit sich und ihrem Haar. Nachdem sie ihre Handtasche durchwühlt hatte, merkte sie, dass der Verlust ihres Hausschlüssels da war. Nun gut, sie würde sich schon was für die Nacht aufreißen.
In der Oper wäre es sehr schön gewesen, hätten die Musiker nicht so laut gesungen und hätte die Sängerin mehr nacktes Fleisch gezeigt. Nur war Marika schon im ersten Akt tief eingeschlafen, so dass sie die Hände des Frisörs nicht spürte, der ihr die roten Locken festigte.
Nun gut, jetzt musste sie etwas unternehmen. Sie nahm sich ihren Büstenhalter und füllte Wasser in die Körbchen. Das musste erstmal als Erfrischung herhalten. Eine Säge lag auf der Teakholzkommode. Sie schlug das Werkzeug von seinem Platz...

...in der Reihe vor ihnen sog ein Paläontologe eine Idee zuviel an seiner Opiumpfeife, fiel nach schwerem Gekicher nach hinten und landete zwischen den beiden.
Ein Stock tiefer begann nach langem Zögern, ein Tenor zu röhren, ohne auf Marika zu achten. Kris hingegen fühlte sich immer mehr zu dem Eisverkäufer hingezogen, nahm ein "Einmal-Zitrone-und-einmal-Nuss-Eis" und setzte sich genüsslich auf einen Stein, so als hätte er Marika nie gekannt. Keiner der Anwesenden schien sie zu beachten...
Der Moment verging und sie war wieder allein. Sie zog sich an und verließ den Raum. Die Erinnerungen blieben in der Stube zurück, schwebten unter der Decke und trieben im leichten Luftzug hin und her. Flatter, flatter, her und hin.

Kris erwachte. Der Alpdruck rollte wie Donnerhall zurück in die schwarzen Tiefen seiner Angst. Warum war seine Frau nur nicht hier ? Die Spieße und Zacken, die seinen Körper überzogen, existierten natürlich nur in seiner Phantasie. Die Tischdecke schwebte auf halber Höhe im Raume, der Kaffee roch frisch und verlockend in seinen Nüstern. Für den Bruchteil einer Sekunde war es, nein, schien es, als hieße er Morpling. Seine Netzhaut senkte sich wieder und er fiel erneut in einen pausbäckigen Mitschlaf, der aber erst um achtzehn Uhr endete. Konnten seine Phantasien mehr als nur eine Vorahnung sein ? Nein ! Sollte er sein Ich selbst sehen, ohne es zu spüren ? Oh, Gott bewahre ! Nein ! Wird er sein sollen ? Nur weiß es in, auch nur in:
In Traubstätten gab es ein Kloster der Superlative, die Mönche waren vereist. Er wünschte sich zurück in den Mutterleib seiner Eltern.
„Wo ist Marika ? Ob sie noch schmollt ?" Er wollte alles wieder gut machen. Die Partnerschaft war an einem Scheideweg angelangt. Er spürte, dass es jetzt oder nie zu einer Entscheidung kommen würde. Die Seitenteile des Bettes klappten herunter. Schlechter Leim. Wie ihre Ehe.
„Ich bin kein Leim ! ICH BIN EIN MENSCH !", schrie er.
Draußen kratzte ein Hund an der Hoteltür. Kris erhob sich und begab sich in das Badezimmer ‚wo er zunächst einmal den Spülkasten anlächelte. Er dachte nach.
„Stellen sie den Koffer mit der Ware in Wand", flüsterte der Kasten. Davon wurde ihm übel. Na ja, was konnte man schon...
Der Hoteldiener klapperte mit Hollandschuhen an den Hoteltüren, um die Gäste an die bevorstehende Hollandradausstellung zu erinnern. Aber keiner, keiner wollte erinnert werden.
Kris stand auf, zog sich an und verließ den Raum. Eines stand fest. Eine Riesenfotografie aus Pappe, die ein

bekanntes Gesicht darstellte. War das nicht der Mann aus der Regenbogensendung im Zweiten ? War es der, der im Kino immer nach Eis schrie, aber selbst nie welches aß ?
Die Regenwolken zogen fort, um sich ein neues Opfer zu suchen. Wird dann auch Kris baden gehen ? Um so mehr zieht es ihn ins Paradies. Aber der Weg dorthin ist weit, das weiß er wohl, er war ja schon einmal dort. Mit Marika, ach ja, Marika. Die Gute, die immer seine Socken kalibrierte und dabei so herrlich Hasenwitze erzählen konnte. Ihre Abstammung war ein Witz, das Häschen.

Nun spielte die Band zum Tanz auf. Die Gäste sangen zwar nicht mit, doch die Gesellschaft verstand sich auch so. Um so erstaunlicher war Marikas Verhalten, das sie nun an den Tag legte. Sollte sie etwa zuviel getrunken haben ? Doch noch tanzte sie mit ihrer Mutter, ohne nach der Zeit zu schielen. Es konnte niemand genau vorhersagen, wann der Kaninchenzüchterverein seine Zelte hier aufschlagen würde. Der 1. Vorsitzende, Herr Daugorsch, hatte einen Hirnschaden, war aber gutgelaunt. Seine Ansprüche auf Marika hatte er wiederholt zum Ausdruck gebracht. Und er konnte auch charmant sein:

„Warum sprühen wir nicht die Terrasse mit Hochdruckgeräten ab ?", säuselte er lüstern und legte seine Hand auf das Roastbeef. Marika warf ihren Kopf in ihren Nacken und lachte schal in ihre Mutter. Herr Daugorsch stützte sich mit dem linken Bein auf einer Verbandskollegin ab, um besser auf die Tanzfläche sehen zu können, wo sein Dreamgirl mit ihrer Mutter fritiertes Bratfett kraulte.

„Herr Daugorsch", empörte sie sich, „Ich habe in meinem gesamten Arbeitsleben nur Grillen aufgezäumt, womit ich keinesfalls sagen will, dass ich das nicht einmal ausprobieren werde. In Zukunft, meine ich !" Sie lächelte ihn auffordernd an.

Der korpulente Mann nahm seine Hand aus dem Roastbeef und zwinkerte ihr zu.

„Twitwitwitwitwi, Vögelein, twi, trillitri." Er schwenkte einen Käfig, in dem Vögel Geflügelprobleme diskutierten.

Das Buffet wurde abgetragen und man versammelte sich in der Vorhalle, um ein Vivat auf die angetrunkenen Gäste auszubringen. Marika erhob ihr Glas und trank es heftig schlürfend aus. Sie nahm den roten Luftballon und drückte ihn unters Kinn. Unterdessen wurden die Vögel verzehrt, damit man sie nicht nach Hause tragen musste. Alle sangen dann auch etwas.

Ihre Wahrnehmung wurde langsam weich und nebelhaft. Wie vorhin in der Reflektion des Spiegels, sah sie einen realen Schauplatz, den Tanz, Herrn Daugorsch und die anderen und einen irrealen mit weiten, dunklen Angeln ausgerüsteten Angler in der Lounge sitzen. Mit einer unachtsamen Handbewegung öffnete sie den Stahlsafe und kauerte sich erschrocken in die Badewanne. Erinnerungen an den misslungenen Urlaub mit Kris in U. stiegen in ihr auf. Und stiegen in ihr ab.

Karl-Marx-Stadt am Anfang des Tages. Eine undifferenzierte Walnussverkäuferin verkaufte langstieliges Eiskonfekt an jedermann. Niemand kaufte etwas von der langstieligen Auszubildenden. Ein Dackel mit Augenklappe kam auf sie zu und betatschte ihr Schuhwerk. Sie benutzte die Gelegenheit, um sich von der unliebsamen Tätigkeit zu befreien. Ein älterer Mann, dem der Hund nicht zu gehören schien, band sich mit den Schnürsenkeln die Füße aufeinander.

Die Stadt lag in ihrem eigenen stillen Fett danieder. Die DLRG warb auf den rissigen Mauerwerken für ihre Zwecke. Insodessen hatte der Regen die Strassen überspült, so dass sich Pfützen von über sechs bis acht Hektar bildeten. Einige Autos kämpften sich einen Weg durch überflutete Einbahnstraßen. Nur der alte Mann schien sich in der Sonne zu übergeben. Ein toller Tag eben.

H.Q. Girlanda, eben KMS-Airport gelandet, trocknete seine aufgeschäumte Taschenuhr mit einer kanarischen Banknote. Sorgfältig klappte er noch auf der Rollbahn seine "kleine Konkubine" aus und übergoss diese mit Startbahn-West-Gegnern und schleimiger Sahne. Speichel geiferte der schmierige Siebzigjährige aus. Die Zollbeamtin zwinkerte ihm wohlwollend zu.

„Etwas zu verzollen, der Herr ?"

„Sicherlich. Haufenweise Zeug. JASAGER AUS MEINER HEIMAT und direkte Bezüge zur Gegenwart und einen HANG DER DIALEKTIK DER DUALEN PROMISKUITÄT !"

Die Zollbeamtin leckte sich über die vollen Lippen und wies ihn an, hindurch zu gehen. Draußen wartete bereits seine Protestgruppe auf ihn. Er verband sich die Augen und versuchte, unerkannt hindurchzugelangen. Quellwolken zogen auf. Als er sich inmitten der Gruppe befand, wurde er geoutet. Man verlangte seinen Lebenslauf und ein Bündel Wintersportprospekte.

„SÜLZE ?", fragte eine Verkäuferin mit Bauchladen und Stabsarztattitüde. Entschlossen trat er mit dem Fuß auf und die Steffi sah von ihrem Balkon herab.

„Harko ! Komm doch rauf. Auf ein Stündchen ein Glas Wasser schütten oder so oder auch zwei oder drei oder ein Glas nur. Oder du trinkst gar nichts. Nicht wahr, das ginge doch auch, nicht ? Drei gehen doch, oder ?"

„Ja, ich komm' mal rauf da !"

Keine der Personen erkannte den Radfahrer auf der anderen Seite der Straße. Er fuhr täglich diesen Weg und brüllte dabei:

„Klingeling, klingeling !" Aber heute fuhr er nur vorbei, auf der anderen Seite, brüllte aber kein Wort. Sollte etwas passiert sein oder störten ihn nur Steffis Blicke ? Niemand hat es je erfahren.

Ja, ihre Blicke tropften in die Straße hinab, wie Honig, der von einer hohen, hohen Stelle auf etwas hartes, hartes tropft, sich dann verformt und seine Unterfläche zu der Oberfläche des Harten wird, so wie es Honig tut.

Ein Angler mit dunklen Augen griff ihren Blick auf und schleuderte ihn zurück. Er wirbelte und drehte sich hinauf und klatschte vor ihre nackten Füße.

Herr Daugorsch hatte sich überfressen. Marika stand allein auf der Terrasse und sah versonnen in den Aufgang des Tagesgestirns. Vielerlei ging ihr durch den hübschen Schädel. Es ging so und flog so und trieb so herum. Es lebte in ihr der Wunsch auf, etwas Verbotenes mit Herrn Daugorsch zu tun. Noch ehe sie ihren Gedanken äußern konnte, kramte Daugorsch eine alte Sambatrommel unter seinem Schottenrock hervor und zimmerte einen Rhythmus in die Morgensonne. Jetzt fing die Party richtig an...

Sonntagmorgen und ca. 3000 Gäste tanzten eine Polonäse durch die Reihenhaussiedlung und machten Klingelstreiche bei den Nachbarn, die mittlerweile einige MG's auf den umliegenden Dächern in Stellung gebracht hatten. Daugorschs Feste waren berühmt für ihren blutigen Ausgang, aber so weit kam es diesmal nicht. Die Polonäse zog weiter in Richtung Innenstadt, Marika immer in der ersten Reihe tanzend. Zwölf der Gäste trugen dunkelgrüne Masken über den Köpfen, die wie Igelfüße gestaltet waren. Mit skeptischer Begeisterung nahm Marika eine Rolle Küchenwischpapier aus dem Ofen und begann zögerlich, sie im Flur auszulegen. Dabei korrigierte sie hin und wieder die Abstände zu den Seitenwänden.

Der Deckenlampenhänger, der mit kleinen blauen Zebrastieren verziert war, die auch manchmal zu befruchtentrachteten, aber nur die andersgeschlechtlichen Zebrastiere ihrer eigenen Art von Tieren, war neu. Und auch neu war der eine orthopädische Holzsandal, der zufällig der linke war. Oder auch der rechte, falls er rechts passen sollte.

Ohne Vorwarnung kam Herr Daugorsch aus dem Waschraum gerannt. Er brannte. Innerhalb von 12 Minuten war er verglüht und weg. Marika empfand eine gewisse Empfindung, die sich nur mit dem Begriff "Schade, echt" umschreiben ließ, wenn sie es hätte umschreiben wollen. Die Uhr schlug auch schon einen ihrer Schläge.

Marika fragte sich, welcher Buchstabe ihr der Liebste des Alphabetes sei. Sie kam jedoch zu keinem Ergebnis.

„Ich muss jetzt aber mal an die frische Luft", sprach eine Stimme in ihrem Kopf. Mechanisch nahm sie die Kaffeemaschine vom Tisch, band sich einen Schal um und verließ die Wohnung überhastet.

„Die Tür bleibt offen", dachte sie, „vielleicht kommt Kris ja noch...noch...noch...noch...noch...nochnochnochnochnoch- nochnochnochnochnochnoch", dachte sie. Auf der Straße war nichts los und Marika schrie aus Leibeskräften, um das Ganze etwas aufzulockern:

„Schreie, Schreien, Schreiben, Schielen, Sieben, sieben schielende Schreie, aaaaaaaaahahhhhhhaa !"

Steffi ging in die Küche, um sich ein Glas Wasser zum Überqueren der Straße zu überreden. Da fiel ihr die schreiende Marika auf der anderen Straßenseite auf, beachtete sie aber auch. Jeder Tag brachte neue Überraschungen.

H.Q. Girlanda saß in dem abgedunkelten Raum, den Steffi ihm großzügigerweise zur Verfügung gestellt hatte. Er wusste, dass man alleinerziehende Mütter nicht in Charles Bronson-Filme bugsiert. Sogar. In diesem Moment fiel Hakuh ein, dass er seine Pausenstullen der freundlichen Zollbeamtin auf dem Flughafen geschenkt hatte. Die lachte immer noch.

Die gesamte Zöllnerschicht verstrickte sich in eine Diskussion, ob Bronson in seinem letzten Streifen mitgespielt hatte, oder ob er von einem Schauspieler gedoubelt worden war, der ihm nur bedingt ähnlich sah. Die Diskussion würde noch Sekunden andauern, das wussten alle Beteiligten.

Girlanda gegenüber saß der Angler. Die Jalousien strichen mit schattigen Balken über sein Gesicht und seine Gestalt. Wolken spiegelten sich auf seinen Gummistiefeln. H.Q. wusste, dass es von entscheidender Wichtigkeit war, ihm nicht die Führungsposition in der Anglerlegende zu übertragen.

Unterdessen ging Steffi gerade zum 23. Mal die Hauptstraße entlang und machte auf sich aufmerksam, indem sie die Fahne des Sozialismus ableckte. „Die schmeckt aber komisch heute." Sie lud sich selbst und einige herumstehende Fischweiber zu einem Drink bei sich zu Hause ein.

Der Angler zog sich die Gummistiefel auf. Umständlicherweise hobelte er mit Surrogat-Schaumstoff-Waffelhandschuhen guayanische Ex-Gewerkschafter an die mit Satin verhüllten Wände. Mit wirren Haaren umzog H.Q. einen rechteckigen Pfad in der vorderen Zimmerseite, wobei er sich unkonzentriert schüttelte. Zwei, drei Jahrmarktsattrappen aus Naturkautschuk fielen ihm in den Weg, worin H.Q. keinen Sinn sah.

„Wir müssen miteinander reden", gab er zu bedenken.

„Was gibt es denn noch zu sagen ?", fragte der dunkle Angler. Ein Rabe saß auf der Fensterbank und sah mit seinem gelben linken Auge hinein. Das andere Auge fehlte ihm, seit er mit einer Katze gekämpft hatte. Sein Gefieder sträubte sich beim Anblick des gummistiefeltragenden Mannes und er ließ einen sandpapierartigen Krächzlaut erklingen. Der Schatten seiner Flügel flatterte über das Gesicht des Anglers und ließ seine Augen wie Glühwürmer aufleuchten.

„Wir hätten schon damals ein richtiges Hemd." Der Angler zog eine Taschenlampe aus dem Köcher und leuchtete in seinen Fischkorb. Zwischen den Fischen lag mit halbgeöffnetem Mund Kris, aber das wusste niemand. Er hatte alles mitangehört. Auf der Treppe waren Schritte von etwa 9 Personen zu hören, die sich auf die Wohnung zu bewegten, leise gurrend und gurgelnd.

„Beziehungslose Käfer-Körper-Legenden haben ihren Reiz verloren", setzte H.Q. feierlich an. „Fasanen, strubbelig von eines langen Tages Schlaf, sind uns willkommen. Nicht aber..." Er wurde ernster. „Nicht jedoch Nachbarn, die uns Vierjahres-Pläne erläutern möchten. Schluss mit dieser ewigen Zermarterung der vorderen Schläfenlappen, Schluss mit Schankstuben und graublauen Herrenwitzen !"

Vor der Tür spülte die Fischweiberflut gegen das Holz und brandete enttäuscht zurück, die Treppe hinab. Der Raum war von einem undurchdringlichen zeitlosen Jetzt umgeben, den normale Besucher nicht zu betreten vermochten.

„Gut, aber jetzt müssen wir wirklich ernst werden, Girlanda." Ein Barsch klatschte gegen das Fenster und schnappte nach dem Raben, verfehlte ihn aber um einen halben Kilometer.

Kris schluckte, in seinem Versteck zwischen Strohhäuser gedrängt, und fragte sich zum wiederholten Male, wem eigentlich der Jumbo-Jet gehörte, der gerade auf der Rollbahn stand. Steffi konnte ihren Schlüssel nicht finden. Die Fischfrauen stimmten ein Kinderlied an, um die Wartezeit zu strecken:


1. Frau: „Fische, silbrig schludernder Stör, gebt mir Gehör. Aale, Aale haben keine Schale.“
Chor: „Auf See rauscht das Meer am Land vorbei, vorbei.“
Bariton: „Voooooobei.“
1. Frau: „Heilbutt, gültiger Heilbutt, dein Haar ist shampoogerecht...“
Chor: „Gnädig sei die Scholle im Gartenteich zu den anderen.“
2. Frau: „Gaben wir nicht unser Bestes, unser aller Stimmgewalt. Und doch gab's keinen Applaus.“


Das Lied war sodann beendet und die Fischfrauen verabschiedeten sich höflich.
Kurz nachdem Steffi die Wohnung aufgeschlossen hatte, klingelte das Telefon.
„Das ist sicher Steffig“, dachte sie. Ihr Bruder hatte versprochen, ihre 2000er Puzzlespiele zu exterminieren. Sie ging in das Schlafzimmer. Auf dem Bett lag ihr Lieblingsslip, auf dem eine vertrocknete Raupe lag. Zwanglos kam das Gespräch auf Ledersofas. H.Q. bemerkte zu diesem Thema:
„Ein Schwager bevorzugte weisse Ledersofas zu allen Gelegenheiten. Er hatte praktisch in jedem Raum Bananen.“
Der Angler: „Ich kenne das.“
H. Q.: „Sagen Sie nichts.“
H.Q. zog sich jetzt seine Gummistiefel aus und ging hinüber zu der Kommode neben der Tür. Er zog die oberste

Schublade auf und sah hinein. In einem schimmelbereicherten Schuhkarton lagen 12 kleine Kokons.

„Ich würde an Ihrer Stelle nicht vor dem Morgengrauen...", er gurgelte und ihm schien das Sprechen schwerzufallen. Die Zunge des Anglers schwoll an und wurde immer dicker, bis ihm speicheliges Blut aus den Mundwinkeln rann. Dann fiel ihm das blassrosa Sprechorgan aus der Mundhöhle und in den Schritt. Anstelle seiner Zunge schien ein silberner Metallstreifen erschienen zu sein. Seine Stimme hatte nun einen maschinellen Klang angenommen.

Kris spähte über den Rand des Korbes.

„So ein Dreck", dachte er, „wie soll ich denn nur über den Zebrastreifen kommen, der hier aufgemalt ist." Erschöpft sank er in den Korb zurück. Er erinnerte sich an einen Mittwoch vor zwei Jahren, als Marika vom Einkauf kam:

„Hast du meine Nylon-Viskose-Socken von der Reinigung geholt, Weib ?", erkundigte er sich.

„Deine Socken wurden im 2. Waschgang vernichtet, Kris. Der chemische Haushalt der Maschine war gestört, der Weichspüler hatte den falschen Härtegrad und das war das Aus für deine Socken."

„Sind...sind sie...?", stammelte Kris.

„Tot !", sagte sie ernst. Kris war den Tränen nahe.

„Und...und haben sie sonst nichts gesagt ?", jammerte er.

„Nur dass du dir die 'Paul-Bahnstirnhängematte-lädt-zum-Punsch-Show' ansehen möchtest."

„Ja, ja...gut", stotterte er noch etwas benommen.

Die Erinnerung rief Hungergefühl bei ihm hervor. Gierig stopfte er sich einen Hering in die Jackentasche. Jetzt ging alles sehr schnell. Der Angler, von dem Geräusch des Herings aufmerksam geworden, griff erneut zu seiner Taschenlampe und öffnete schweigsam den Korb.

Girlanda schritt durch die nebelhelle Halle. Schlanke, großbrüstige Walküren standen mit emporgerichteten Speeren an den Seiten der schwindelerregenden Gebäudekonstruktion, die genauso tief in den Abgrund fiel, wie sie in die Höhe ragte. Walhalla rang ihm immer wieder eine gewisse Ehrfurcht ab, auch wenn er nicht die tieferen Wurzeln kennenlernen wollte, denn das konnte ihn ein Jahresabonnement kosten.

Marika hatte sich in einen Hauseingang gesetzt. Die Kaffeemaschine stand vor ihr auf dem Trottoir. Gelegentlich warfen Passanten Münzen in den offenen Wasserbehälter, worauf Marika wie ein kleines Mädchen kicherte.

„Lust auf Brezel-Anatomie ?", kreischte sie die Fussgänger an.

Ein kleiner Wapiti ging auf der gegenüberliegenden Straßenseite spazieren und sah in die Auslagen der Edelboutiquen. Kaschmirpullover für 600,–, Wollhandschuhe für 200,–, Lambswool-Unterbüchsen für schlappe 78,–. Das Pro-Kopf-Einkommen musste überdurchschnittlich sein. Behend nahm er seinen Rucksack ab und suchte nach seinem Krokoleder-Portemonnaie, fand aber nur einen schmalen Ledereinband mit Geschichten aus dem Osmanischen Reich. Nein, keine Zeit zum Lesen. Der Wapiti hatte keinerlei Ahnung, warum die Bardame in der Nolmopperstraße ihm damals kein Wechselgeld herausgegeben hatte. Warum auch nicht ?

„Glauben Sie, dass Kris von dem Dalmatiner-Zubereitungs-Seminar zurückgekehrt wäre, ohne dass ich mit Scheidung gedroht hätte ?", fragte sie einen Herrn im Trainingsanzug, der G. Garle gelesen hatte, so konnte man vermuten. Der Mann öffnete seinen Anzug und näherte sich Marika mit grunzenden, schnaubenden Lauten, die aus dem Inneren seiner Hüftgelenksmuskulatur zu kommen schienen.

Marika bemerkte, dass seine Haare fettig waren, aber modisch geschnitten. Aber schuppig. Aber seine Kopfhaut war so unvergleichlich schön. Marika errötete stark im Oberhalsknochen. Wie im Taumel zog sie sich die Kopfhaut über ihre Schultern und schnalzte mit der Zunge. Das war ihre Discomasche, mit der sie schon so manchen Beau abgeschleppt hatte. Beide entschlossen sich spontan, den

Dalmatiner-Lieferservice anzurufen. Die liefern schnell und sind bekannt für ihre gute Qualität.

Der Verkehr auf der Straße wurde weniger und das Schaukeln der plüschigen Rückfensterbommeln in den hinteren Teilen der Automobile schien die zweite Hälfte des Tages hinfortzutragen, zu wiegen wie die Mutter, die Marika so sehr zu sein wünschte. Der Abend und die untergehende Sonne zeichneten goldgelbe Himmelsringe auf das feuchte, spiegelnde Asphaltmeer.

Ihr kamen zweite Gedanken. Sie kannte diesen Kerl doch gar nicht. War Sie denn so verzweifelt, dass eine einladende Kopfhaut sie bereits ihren Kris vergessen ließ, dass eine verlockende Hüftgelenksmuskulatur sie dazu verleiten konnte, die ganze würgende Welt hinter sich liegenzulassen ?

Der Mann im Sportdress kam näher. In seinen Augen prallten Sperlinge auf ein Madonnenbildnis. Es flackerte. Schlurfend kam er näher. Grünliche Schimmer lagen auf seinen gekrümmten Händen.

Eine struppige Ratte verkroch sich in Marikas Strickjacke. Sie stand auf, mit einem Ausdruck von Entsetzen und Neugier. Das Tier war das leibhaftige, inkarnierte Vertreter. Sie betrachtete die Ratte. Besonders das halb im Schatten liegende Tiergenital erweckte Erinnerungen an Bibione. Ein Neonzeichen blinkte auf, verschluckte die Dunkelheit mit ihrem Kunstlicht und blinkte wieder auf. "KALBSHIRNE", ließ das Schild verlauten. Das war der Name der Spelunke in der Nolmopperstraße. Das rote Flackern spiegelte sich auf der glänzenden Stirn des Sportdresstypen. Sie nutzte diesen Moment der Verwirrung, um sich ihre Kopfhaut zurückzuziehen, damit sie wenigstens einigermaßen sehen konnte. Jetzt erblickte sie wieder seine Kopfhaut, aber das war nicht mehr wichtig. Bedeutender mutete ihr der Mittelscheitel des Mannes an. Er stand jetzt direkt vor ihr.

„Kämmt man sich <u>so</u> ?", fragte sie empört. Sein Arm näherte sich ihr. In der Hand hielt er ein Kärtchen: "GARTEN E." Sie hatte schon von diesem Platz gehört, er lag in Downtown. Allerdings hatte sie sich nie getraut, dort hinzugehen, jedenfalls nicht, so lange sie mit Kris in so engem Kontakt stand. Möglicherweise war nun jetzt genau die Zeit, diese Erfahrung zu suchen.

„Aus dem Weg !", rief der Wapiti und lief auf die beiden zu. Er schlüpfte zwischen ihren strumpfhosenbedeckten Beinen hindurch, verfing sich allerdings in der am Donnerstag verursachten Laufmasche.

„He, Sie !", maulte sie das Wapiti an, „Passen Sie doch auf !" Während der Trainingsanzug lachte, zappelte das Tier zwischen ihren Beinen. Sie fielen um und klatschten in den neonerwärmten Asphalt. Sie rappelten sich wieder auf.

„Ich heisse Marika !"

„Adam Selnick", sagte der Trainingsanzug.

Der Wapiti ging ins "Kalbshirn", um sich sein Wechselgeld zu holen. Marika legte dem Herrn die Ratte auf den Kopf, nahm die Kaffeemaschine und ging in Richtung "Kalbshirn". Am Eingang atmete sie ein-, zweimal tief durch, sah noch die ölige Pfütze am Rinnstein an und betrat dann das Innere des Etablissements. Dickliche Rauchschwalben schwabbelten ihr entgegen. Schwitzende Menschen schoben sich durch die drangvolle Enge von einer Seite auf die andere. Marika arbeitete sich bis zum Tresen vor. Sie traute ihren Augen nicht. An der Bar saß, ein Glas Birsululu-Ogl in der Hand, Herr Daugorsch, amüsiert.

„Das Aroma dieses geseiften Birsululu-Ogl ist mit kerniger Chlut zu vergleichen", sagte er, sah Marikas irritierten Gesichtsausdruck und lächelte ihr zu. Adam kam herein und betrat den Wapiti, der von der Bardame niedergestreckt worden war. Die Bluesmusiker auf der Bühne vertrieben den Gestank, der aus der Küche in den nikotinschwabendeern, labernden, schwabbernden Raum, eben da, wo die "Gäste" saßen, drang. Es war kaum auszuhalten. Hinten stand ein großer Topf mit Birsululu-Ogl, der immer auf 12 Bar gehalten werden musste. Levski, einer der Gitarristen, kippte den Wapiti und einige Zysten in den Schredder für die Buletten.

„Lecker, lecker", dachte Daugorsch jr. und schob sich die 7. Bulette rein. Marika sah sich gelangweilt um. Sie fragte sich, ob Kris jetzt wohl schon daheim wäre. Am Tresen lachte Daugorsch dreckig und kippte einen weiteren B.-O. „Yh, he, he, sage ich zu der Braut, warum tanzt du nicht den 'Ketze-Bletz' auf dem Tisch ?"

„Rrrrrhh", gab der Mann im Anorak neben ihm von sich. Erleichtert setzte sich Marika auf den stöhnenden Barhocker, der quietschende Geräusche absonderte, denn sie erkannte, dass es sich nicht um den verglühten Daugorsch senior handelte, sondern um seinen halbwüchsigen Sohn, der seinem Erzeuger bei diesem Licht sehr ähnlich sah. Sein Erzeuger inkarnierte als Phrinosilisches Stimmengewirr des Grafen von Vorgestern, das nach einem Autounfall tief unter dem Labyrinth des Autobahnkreuzes von Leicester-Wington-Bursle hervortrat. Es verhieß nichts Gutes und verschwand später in Richtung St. Stonesburzly, wo man schon darauf wartetetete. Die Stallschnecke "Trügerischer Mückendurst" sammelte Briefmarken, aber nicht sehr lange. Dann waren 10 Jahre ins Land gegangen und sie sammelte immer noch. Daugorsch jr. sammelte nichts, außer vielleicht Briefmarken; und die nur gelegentlich, während er seine Gedanken sammelte.

Aufgrund einer Fehlfunktion des Buletten-Schredders blieb dem von der Bardame mit einem leichten Streifschuss verwundeten Wapiti das Schicksal erspart, zwischen zwei wabbeligen Brötchenhälften zu enden. Zähneknirschend schleppte sich der nordamerikanische Elch zur Musikbox, warf grunzend eine Münze ein und drückte mit racheglühenden Augen die Kenn-Nummer des grauenvollen, allseits gehassten, entsetzlichen, unerträglichen Titels "Komatöse Windelpakete lagen am Strand der Venusbucht", einer Schnulze aus den Siebzigern des dicklichen, fettig-pomadierten Barden Tony Lukonte, die tatsächlich noch schlimmer war, als das legendäre "Dreamy creamy Go-Go-Girl" von Dieter Kugelheimer. Ein Stöhnen kam aus den Reihen der Bar-Besucher, als die ersten Takte erklangen.

„So, da habt ihr es", kreischte der Wapiti und trabte triumphierend schnaubend nach draußen. Aber er würde wiederkommen, um sich sein Wechselgeld zu holen, das sie ihm schuldeten.

„Wussten Sie, dass die korrekte Dampfbügeltemperatur für FDJ-Hemden 102,8 Grad beträgt ?", fragte Marika, Daugorsch jr. zugewandt, mit einem unschuldigen Augenaufschlag, während sie an ihrer "Richterrobe der aggressiven Introvertiertheit", einer Longdrink-Spezialität des "Kalbshirns", nippte. Geistesabwesend strich ihre Hand über die glatte, manchmal von Alkoholringen etwas klebrige Oberfläche der Theke. Eine monokelgroße Beule im Holz der Bar störte ihr ästhetisches Empfinden. Sie knubbelte ein-, zweimal über die Erhebung und nahm sie zwischen Daumen- und Zeigefinger. Die Beule war weich. Sie platzte auf und gelbe, harzige Flüssigkeit spritzte auf die Theke.

Daugorsch jr., in seine eigenen Gedanken vertieft und Marikas vorherige Erwähnung außer acht lassend, meinte:

„Normalerweise brauche ich Frauen nur anzusehen und schon bekommen sie ein feuchtes Höschen. Mein Vater ist der Vorsitzende des Kaninchenzüchter-Verbandes, wissen sie ? Bei ihnen ist das anders,...ich frage mich, warum ?"
Sie seufzten beide unisono und stummten der Gegend um. Die natürliche Harmonie zwischen ihnen bildete sich im gemeinschaftlichen Lauschen der lapidaren Gesellschaftslappen. Dann begann er wieder aus seinem eintönigen Leben zu plaudern. Er war ein Vulkan der Langeweile, der ihr seine egale Lava der Unausgefülltheit entgegenspie: Die Ritterlichkeit seiner Beschränkung, die übergreifende Vollkommenheit seines schalen Schmunzelns, die komplette Ästhetik seiner hohlen Kümmerlichkeit machte sie scharf. Der junge Daugorsch zuckte mit den Schultern.
„He, ich hab' nichts gegen Schwule, wirklich. Aber...ich...ich meine, ich hätt's halt nicht gern, wenn so einer mein Jackett anfasst,...oder so." Daugorsch jr. war leicht reizbar, konnte aber, wenn es drauf ankam, einen Schwarzbären ohne zu murren aus einem Stahlbetonträger befreien, wenn sich dieser mit den Vorderpfoten eingeklemmt hätte. Da war er nicht kleinlich. Er konnte auch über sich hinauswachsen. Seine Kollegen vom Werkschutz munkelten, er habe dies schon des öfteren getan.
„Wollen Sie mal etwas wirklich Erstaunliches sehen, Marikaschätzelchen ?"
„Aber warum denn nicht ?"
„Ja, warum nicht, nicht ?"
„Ja, warum ?"
„Ja."
„Ja oder Nein ?"
„Ja, warum nicht ?"
Sie standen von der Theke auf und bahnten sich einen Weg durch die Stammgäste. Die Gäste mit den Stämmen.

Die stammeszugehörigen Gäste. Alle Leute im Raum hatten eine Orange auf dem linken Handrücken.

„Das muss so eine Art Gesellschaftsspiel sein", entschied sie.

„Im Schwarzmarkt Ihrer Augen spiegelt sich mein Wert...", sang Daugorsch junior im tiefen Basston volltrunkener Ernüchterung.

„Wo führen Sie mich denn hin ?"

„Warten Sie es nur ab." Durch einen langen säuerlich schmeckenden Flur ging es, dem offenbar feinlamperierten Unlicht der haltsuchenden Nebenschaugelage entlang, durch versoffene Existenzgejaule. Sie betraten einen abgelegenen Raum, der nach Mottenkugeln und alten Körpern roch. Daugorsch junior tastete die schlichte Ziegelwand ab, fand den Lichtschalter und knipste die nackte Glühbirne an. Auf der rechten Seite der Kammer hing, aufgereiht auf einer sich durchbiegenden Kleiderstange, eine größerwerdende Menge von Mänteln und Kleidern. Die Musik aus den Lokalräumen klang gedämpft und verstaubt innerhalb dieser Wände. Auf der linken Seite hing ein großer, puderverschmierter Spiegel, vor dem einige wenige Töpfchen mit Schminke standen. In den Verstrebungen der "Fin de siècle-Stühle" hatten betäubte Spinnen ein Jahrhundertwerk geschaffen.

„Wo sind wir hier ?", fragte Marika, „Was ist das für ein Raum ?"

„Das ist die Garderobe der Einsamkeit. Hier legt man die Mäntel an."

„Ich bin mir nicht sicher, dass es mir hier gefällt."

„Wollen Sie sich nicht umziehen ?"

„Was...was sollte ich denn tragen, Ihrer Meinung nach ?"

„Sie...Sie haben freie Auswahl..." Er grinste und trat so nah an sie heran, dass sie seine Erektion hören konnte. „Alles von der Stange. Greifen Sie zu !"

„Ein andermal", beeilte sie sich zu antworten, schlüpfte an ihm vorbei und blieb erst in der Tür stehen. „Ich möchte mich erst noch ein wenig umsehen. Trotzdem danke."

„Nichts zu danken", meinte er schulterzuckend, löschte das Licht und ging ihr nach.

In dem Lokal hatten sich inzwischen mehrere Gäste eingebildet, sie wären bei sich, hatten sich bis auf die Unterwäsche ihrer Kleider entledigt und sich auf Tischen und anderen Ablagen schlafengelegt.

„Das kommt von den gebratenen Nieren", konstatierte eine Frau, die ein gelbes Lackkostüm trug.

„Häh ?", lallte der Kerl an ihrer Seite, fest in sein Glas gekrallt. Sie drehte sich wieder zu ihm hin und soff ebenfalls weiter. Marika und Daugorsch, der Jüngere, betraten in dem Augenblick den Schankraum, als ein Japaner mit graumeliertem Schläfenansatz mitten im Schlaf von dem Musikautomaten herunterfiel, direkt den beiden vor die Füße. Entsetzt starrte er sie an. Dann sprang er auf, fing an, hastig und wirr zu reden und eilte in Unterhose hinaus. Die zwei setzten sich an die Bar und riefen dem Wirte ihre Getränke-Wünsche zu.

„Ich hab's gern im Stehen", meinte Marika beiläufig.

„Ja, so find' ich's auch gut", nickte Daugorsch (Sohn) und schnupperte in sein Glas.

Ein kleiner gelber Rasenmäher hing über der Theke, fing an zu rauchen und schmolz. Ein Geräusch erklang, das wie das Rauschen des endlosen Meeres klang. Marika lauschte gespannt. Die Frau mit dem Lackkostüm setzte sich zu ihnen.

„Hallo, Daugi, alter Bock. Wie hängt er ?"

Marika schrumpfte zusammen. Hatte sie doch selbst einmal gehangen,... aber wie: Hängend ! Sie entsann sich schöner Tage am Galgen in Portsmouth.

„Wie sich mein Hals langsam zuschnürte..., HERRLICH ! Mein Genick zerbarst unter erotischem Geplätscher. OBERVOTZENGEIL !" Oh, jetzt hatte sie aber laut gedacht.

„Meine Liebe", unterbrach die aufhorchende, kostümierte Lackärschin, „Hörte ich eben das Kompositum 'OBERVOTZENGEIL' ?" Richtig, die Sau in Lack hatte vor ein paar Minuten einen Linguistikkurs beendet !

„KOMPOSITUM ?", erwiderte Marika fragend. „Sicher habe ich so etwas gesagt. Lassen sie uns bitte allein, mich, Daugi (Sohn) und seinen prallen, wie Marika damals hängenden, Untermieter." Sie dachte „süßes Gehänge", als sie an Daugis Zipfel dachte.

„Bitte verlassen Sie jetzt die Kneipe", wiederholte sich die Marika. Aber Daugi dachte gar nicht daran, im Gegenteil. Er zwinkerte der Gelackten zu und sie schien sofort zu verstehen, was er wollte. Sie legte sich rücklings auf die Theke und schlug die Beine übereinander. Das textile Geschenkel glitzerte im trüben Licht der orangen Lampen. „Wie oft die beiden Perversen das kommende Spielchen wohl schon gespielt haben ?", wunderte sich Marika. Daugorsch junior schwenkte seinen Drink im Drinkschwenker (daher der Name), bis das Getränk schäumte und zischte. Dann goss er die Flüssigkeit in ihren Schoß. Die Lackierte grinste, schloss genießerisch die Augen und schien das Entstehen eines Sees in ihrem Lackbeintal zu befürworten. Marika lackierte sich die Fingernägel und beachtete die beiden nicht weiter.

„Das machen die hier jeden Abend", meinte der Wirt, während er ein Glas abtrocknete. „Wie gefällt's Ihnen hier ?"

„Es ist hier wie in einem Wirtshaus, in dem alle Gäste und das Personal und die Ratten und Kakerlaken von einer außerirdischen Strahlung getroffen wären, die sie befähigte, sich über gewisse Konventionen und Gepflogenheiten und moralische Erwägungen kühn hinwegzusetzen, ganz so, als hätten sie alle die Eiterbeule der Gesellschaft im halbbewussten Opiumrausch aufgestochen." Marika hatte dies gesagt, ohne von ihrer Nägellackiererei aufzusehen.

„So ?", meinte der Wirt.

„Ich, im Gegensatz zu dir", Marika war im Wirteduzen so etwas wie Stradivari auf seiner Geige, „bin belesen, intelligent, gewitzt, weltoffen und obervotzengeil !" (Hatte sie da eben nicht etwas durcheinander gebracht ?) „Du..., du bist eben nur ein Wirt", meinte sie kleinlaut, wobei ihr die Gewichtigkeit ihrer harschen, arroganten Worte wie S-Bahn-Surfer an der S-Bahn an dem Gewissen naschte. „Mag sein, aber ich kann andere Dinge", sagte er, band seine Schürze ab, legte diese auf das Ebenholzglatt der Verkaufstheke und begann, hinter dergleichen zu steppen. Marika konnte seine Füße nicht sehen, bedachte ihn aber prefacto mit einem gutmütigen Applaus. Er lächelte und warf ihr einen nikotinschweren Kussmund zu. Sie schrie auf und ergriff die Schürze. Nicht alles, was in dieser Singlebar auf den Tischen lag, musste unbedingt greifbar sein. Für Marika jedenfalls schien heute alles zum Greifen nah. Auch der Wirt, oder gerade der Wirt, selbst wenn dieser steppende Gigolo nicht gerade der intelligenten einer war.

„Scheißegal", gedenkte sich Marika, „dumm fickt gut !" Außerdem stellte Wirti, wie sie ab sofort den Wirt liebevoll nannte, ein köstliches Kontrastprogramm zu ihrem läufigen Kris dar. Wirti würde niemals beim Sex aus Shakespeare's "Was wollt ihr ?" vorgelesen bekommen wollen. Wirti würde auch nimmer die Schürze noch beim Vorspiel tragen. Wirti würde ihr, im Gegensatz zu Kris, solch' liebevolle Worte ins Hörorgan einfügen wie:

„Schatzi, ich werd' dir jetzt höllisch einen mixen und wenn du genug hast, schenk' ich dir aus meinem Schenker ein. Später dann, steppe ich auf deinem Gesäß. Noch Fragen ?"

„Und wie lange kannst du's ?", erkundigte sie sich im Geiste, während der Wirt Spülmittel in die metallene Spüle goss. „Nicht, dass du nach drei Minuten abspritzt und ich hab' überhaupt nichts von dem Fick, ey", dachte sie. „Die Männer sind alle gleich. Rammeln dich dicht, ey."

Sie wollte nicht länger das graue Mäuschen sein. Sie wollte ein graugrünes Mäuschen sein. Ach Scheiße, sie hatte die Schnauze gestrichen voll. Was hatte sie getrunken ? Sie dachte nach.

Derweil war Daugo mit der Lackdame in Gelb zum Schluss gekommen. Mit der Zunge klebte sie an dem Zapfhahn und er schrie "Das Kapital" von Marx in die Spüle. Marika zahlte ihre Drinks, verabschiedete sich freundlich von Daugorsch und verließ das Etablissement mit jener lodernden Freude, die einem nur ein ausgefüllter Abend in der Stadt vermitteln kann.

Claere Pollzter ließ ihre rechte Hand über das Holz des Einbauschrankes gleiten, sanft und liebevoll. Ihre linke streichelte den glatten, runden Türknauf.
„Du bist so wunderbar", hauchte sie. Ja, dies war noch echtes Holz. Keine billige Imitation, keine beklebten Spanplatten, oh nein, das Echte, Wahre. Schönes, bearbeitetes Holz.
„Und du warst gar nicht teuer", sagte sie mit weicher, warmer Stimme. Der Duft des Schrankes war rein und unbehandelt, kein saures Aroma von Lacken oder Zusätzen. Nur der natürliche Duft von gewachsenem Holz, von Wald und harzigem Leben, langsamen, wachsendem Leben, herausbrechenden Keimlingen und sich entfaltender Saat. Wie in einem Zeitrafferfilm sah sie vor ihrem geistigen Auge den Spross, den jungen Stamm höher und stärker werdend, zum großen Baum werdend, dicker und dicker...
„Oh, Schrank", sie atmete heftig, „oh, mein Schrank...!" Ihre Finger fuhren zwischen die Lamellen der Tür in das Innere des Möbelstückes, in seinen dunklen, warmen Innenraum, der nur für sie und ihre Kleider bestimmt war. Ihre weichen Schenkel sehnten sich nach solcher Härte, solcher festen Verarbeitung.
„Und dabei gar nicht teuer...", wiederholte sie mit zitternder Stimme, als es telefonklingelte. Sie stand auf, atmete tief durch und nahm gefasst den Hörer auf.
„Hallo."
„Hallo, Claere, hier ist Steffig", sagte eine männliche, melodiöse Stimme.
„Ja, Steffig, was..."
„Claere...", unterbrach er sie, „der blutige, fleischige Rumpf der Welt, das Seelengekreische, rohes Fleisch, Bänder,

Sehnen, Gedärm,...bluttriefender Fleischstumpf der Welt. Erbärmliches, winselndes, fiepsendes Erdenreich. All das Nervenstranggezerre. Leichentuchverhangene Kadaver-Prozession. Kahle, skelettierte Knochen-Bremsbeläge. Schön, furchtbar und irgendwie auch unergründlich, wie der Angler. Totenstarre Augäpfel vom Baum der Plexiglas-Union...äh, Claere, bist du noch dran ?" Für einen kurzen Moment herrschte Schweigen. Dann meinte Claere:
„Du und Herbert, ihr solltet aufhören, ständig dieses Meskalin einzunehmen."
„Ist Herbert da ?", erkundigte sich Steffig.
„Herbert ist in die Kneipe gegangen. Mit seinen Ratten. Er will wieder irgendwelche Kunststücke mit ihnen einstudieren." Claere spürte, wie plötzlich ein lustvolles Verlangen, die Schubladen der Kommode, auf der das Telefon ruhte, langsam und genüsslich zu öffnen und zu schließen, sich Ihrer bemächtigen wollte. Sie entschied sich, dem süßen, fordernden Begehren nachzugeben und beendete das Gespräch mit den Worten "Ich muss jetzt bügeln", um sich unmittelbar darauf dem Objekt ihrer Wünsche zuzuwenden. Mit feuchten, vor Erregung zitternden Händen und einem leisen Stöhnen, öffnete sie zärtlich die oberste Schublade...

Herbert hatte dem Wirt gerade die Schäden vom letzten Mal bezahlt und zur Beeinflussung der Stimmung, die im allgemeinen gegen ihn und seine Experimente eingestellt war, eine Lokalrunde spendiert. Eine Schnulze drang aus der Musikbox, Gläser wurden zum Toast erhoben und zum Saufen gekippt. Schaum traf die Bodenbretter. Das Lachen ernster Menschen erfüllte den Raum. Wilfried Glausner, der Besitzer des "Fetter Wirt", verdiente gut heut' nacht.
„Und...aus der Bahn !", schrie Herbert, zündete das kleine rote Raketenfahrzeug und klappte seinen Ohrenschutz

herunter. Die Ratte am Steuer hatte sich freiwillig gemeldet. Zumindest hatte Herbert ihr Verhalten so ausgelegt. Sie trug eine winzige Lederjacke, eine Fliegerkappe und einen niedlichen weißen Seidenschal. Sie sah schick aus. Das raketengetriebene Fahrzeug gewann auf der Streichholzbahn an Geschwindigkeit, schoss über die Rampe hinaus und stieg in die zigarrenrauchschwangere Kneipenluft.

„Ja, ja ! Du liegst gut, mein Hase !", feuerte er den pelzigen Testpiloten an, der seine Schnauze entsetzt verzog. Das Geschoss flog über Herrn Stöhlnetz' Kopf hinweg. Der Steuerbeamte zuckte nicht einmal zusammen.

„Rekord, REKORD, RE...!" Ratte und Rakete klatschten gegen die rustikale Ziegelwand. Pelz und Blut traf Theke und Gläser. Ein Stammgast zog den haarigen Schwanz des Testfahrers aus seinem alkoholfreien Bier.

„He'bert !" Der Wirt sah missbilligend herüber. Herbert blickte auf, die Ziegelwand entledigte sich gleichgültig einigen Ratten- und Raketenresten und das Clausthaler wechselte noch spät zu einem nach deutschem Reinheitsgebot gebrauten, recht hopfenstarken, obergärigen Bier.

„Herbert", missbilligte der Wirt in einer Repetition sondergleichen. „Lass mein Inventar Inventar sein, als Inventar der unberührten Gleichen, als Inventar des Wirtes Gerechtem, als Inventar, als Inventar..."
Herbert verband in diesem Moment das Wort "Inventar" mit dem möbelfurniturliebenden Getue eines 12-jährigen Stadtvagabunden. Und dieser Stadtvagabund sollte Claere sein. Nur das wusste weder Herbert, noch Claere, noch der Stationsarzt, der seinerzeit den stinkenden Stadtveterinär in eine Frau mit Dingern verwandelte. Ach so: 'Ne Muschi gab's damals noch gratis obendrein. Aber egal.

Claere sah auf die Engelsgestalt, die über der Eingangstür der Kneipe im Stand schwebte. Die Farbglasfigurine im aureolen Heiligenbildnis erschien ihr wie die Offenbarung eines zutiefst gehegten Wunsches. Das transluzide Gesicht, abgewandt, zur Seite gelegt und mit geschlossenen Auglidern, so süß, ach, so süß im Schlaf jener begleitet, von Geistern gelenkter Ehrerstandenheit, ruckte zu ihr herum.

„He, Fotze, okay, du Nutte, komm her oder brauchst du 'ne Leiter ! HEHO, HEHO, Schlampen-Claere !"

Mit dumpfen Knallgeräuschen explodierten die Ratten im "Fetter Wirt". Herbert schrie hellquiekend auf. Auberginensaft spritzte auf die Füße der Salzheiligen Trinkerschaft zur handgeleckten Salzgelecke. Herbert genehmigte sich einen Wodka und sann über vergangene Zeiten nach. Wie er und Claere im Schlauchboot sorglos dahinschwammen. Auf sich gewandt, jeder mit einer Laborratte in der Hand, einem Q-Tip im Ohr, einer roten Wollmütze im Haar, einem Lolli in der Schnute, einmal nur wollte er nochmal im Schlauchboot...

„Du...du...Wirt", sagte Herr Bert. „Gibst du mir noch einen doppelten Halben ?", bat er höflich. Aber der Wirt hatte schon den Warnschuss abgegeben.

„Sperrstunde. Alle zerschneiden bitte ihre Führerscheine." Auch für Herbert war nun die Zeit gekommen, nach Hause zu gehen. Seine Gedanken über Claere hatten sich gelegt. Frotzelnd verstummten die Führerschein-Scherenschnitte, im Unterbewusstsein deutlich hörbar. Ein krimineller Passant schenkte ihm dankbar und selbstlos sein Feinripphemd aus Leinen und ein höflicher Zeitgenosse schoss ihm mit einer "Walther PPK" ein Loch in seine Kneipenluftgedanken.

Er und Claere, das war schon ein Paar..., „ein schönes Paar", fand er und ging nach Haus.  (Zwischenspiel-Ende)

Als halbwahnsinnige Ruine streckte sich die Kissenfabrik in den kupferroten Himmel. Der trübe Fluss, der an dem Gebäude vorbeifloss, führte tote Frösche, Seerosen und leblose Kissen mit sich. Aus dem gärenden Maul der eisenvergitterten Abflussöffnungen am Fabrikbauch trieben Federn, synthetische Kissenfüllungen und Stroh. Die Strömung nahm mit sich, was keinen Widerstand leisten konnte, auf dem Weg hinab ins Tal. Dies und den Gestank toter Kissen. Die Ruine streckte sich halbwahnsinnig in den Himmel, eine Kissenfabrik in Kupferrot...

„Wir sind verrückt, dort hinaufzugehen, nur weil wir es wollen, dort hinaufzugehen !", jammerte er. „Verrückt !"

„Jammer nicht !", jammerte Claere nicht und setzte ihren Aufstieg fort, weil sie es wollte, dort hinauf.

„Ein verfluchter Ort. Der Ort ist...schlimm", meinte er, das Gewicht seines Rucksackes mit dem Gewicht seines Aberglaubens vergleichend...Nichts wog schwerer.

„Aber..."

„Still jetzt !" Die zwei einsamen Figuren, die sich gegen den wolkenerbrechenden, kupferroten Himmel über der schlimmen Ruine der halbwahnsinnigen Fabrik für Kissen erhoben, zeichneten sich ab, wie Figuren der Einsamkeit vor einem roten Himmel.

„Uff...", ächzte, ja keuchte der Mann, „....ich kann Boris Wieselbergers und Boris Wieselgerbers Einwände jetzt viel besser verstehen." Da riss ein Tragegurt und sein Rucksack, den er locker über eine Schulter geworfen hatte, fiel zu Boden. Glas zerbarst und eine grün-violette Flüssigkeit sickerte in die Erde. Er schlug sich mit der Hand gegen die Stirn.

„So ein Mist." Seine Augen, die eben noch denen eines eingeschläferten Bassets geähnelt hatten, weiteten sich.

Er schob Claere vorwärts, er griff nach ihrem Busen, ihren Ohren, die sehr sauber waren. Steril, hygienisch, fand er.

„Claere, Claere, ich brauche MEINE MEDIZIN." Sie sah sein Grinsen, seinen Scheitel, sein rotwangiges, hölzernes Kasperlegesicht. Sie riss sich los und platschte durch das abgestandene Wasser eines Tümpels.

„Eine beschissene, abgefuckte...was ?"

„Was denn ?"

„Der Raumausstatter ist tot. Sie haben ihn mit einer Gummi-Axt im Schuh in einen Schonbezug eingewickelt." Diesen Spruch benutzte sie häufig und gern. Er bedeutete so viel wie "Mach' dir keine Sorgen. Laß uns das Leben doch einfach genießen." Sie lachten beide in Gehrichtung. Was wollten sie dort oben ? Die Flitterwochen verbringen ? Waren sie überhaupt verheiratet ? Er konnte sich nicht mehr genau erinnern. Aber was war so eine Ehe schließlich ? Ein Stück Papier, ein Stück Leben, a Stückerl Sex ? Wan's g'scheit wärn, würd'n de Leit' net a soa Aufheb'ns moachen, um dea Soachen. Er empfand den ununterdrückbaren Wunsch, sie zu loben.

„Ich...ich...ich muss dir meine Hochachtung...ne, Moment, so: Ich würde es beglückwünschen, wenn...ne, doch lieber so:..."

„Lass gut sein, Steffig. Ich weiß ja, wie du es meinst. Vielen Dank."

„Aber..."

„Sag mal, bewegt sich dort oben nicht etwas in der Kissenfabrik für Kissen ?" Sie wies hinan zu der Fabrik.

„In welcher Fabrik ?", fragte er, mit starrem Blick auf Kissen. Claere stapfte die letzten Meter Hang hinauf und betrachtete die glaserwünschten Fenster in all ihrer unausgefüllten Hohlbarkeit. Sie gähnten im Rahmen ihrer Leere. So glasfrei, so alt.

„Ich hätte schwören können, dort..." Ein Gesicht, weiß, wie geschminkt, prallte auf ihren Blick und ab.

„Steffig !", schrie sie auf. Er eilte neben sie, aber der Kalkspuk war bereits im Dunkel vergangen. Fort, in den lichtarmen Fußwegen des Fabrikinneren.

„Was 'n ?"

„Ich glaube, Onkel Ludwig lebt noch."

„Ach Claere, der Raumausstatter ist tot", versuchte er sie zu beruhigen, „sie haben ihn mit einer Gummi-Axt im Schuh in einen..."

„Nein, Steffig...er war es", beharrte sie und kramte in ihrem Rucksack, bis sie einen Lippenstift hervorholte. Dann schrieb sie "Onkel" auf die rechte und "Ludwig" auf die linke Hand und hielt ihre Handflächen Steffig vor's Gesicht.

„Mmmh", meinte er, „du scheinst recht überzeugt zu sein. Aber ich finde deine Argumentation nicht stichhaltig."

„Waas ? Ey, hast du sie nicht alle beieinander, Macker. Das war eben Onkel Ludwig." Claere hielt einen Moment inne, ihre Stimme wurde etwas ruhiger. „Ludwig hat sich damals mit Tesa-Film lebende Maikäfer auf die Wangen geklebt. Sie zappelten dann auf seinem Gesicht. Und dabei hat er dann immer mit uns Kindern Halma gespielt. Wir fanden es sehr komisch. Später erfuhren wir, dass er mal im Eis eingebrochen war, als junger Mann, und sie ihn erst sehr spät rausgeholt haben."

„Wie starb Onkel L. ?", fragte Steffig, ein paar Erdnüsse kauend.

„Er ist viele Jahre später freiwillig auf's dünne Eis gegangen. Er wollte die Welt darunter nochmal sehen. 'Ich kehre zurück' hatte er neben die Einbruchstelle ins Eis geritzt. Man hat seine Leiche nie gefunden", kicherte Claere.

Sie betraten das Fabrikinnere. Ein modrig-fauliger Geruch schlug ihnen entgegen. Moos und Schlingpflanzen hatten hier viel Territorium zurückerobert.

Zähflüssige Wolken wurden über den Türmen der Kissenfabrik entbunden. Federleichte Nabelschnüre aus Kumuli webten ihre wohligen Bereitschaftsnetzstrümpfe versonnener Großartigkeit. Die Flora der verlassenen Kissenwallstadt empörte sich in einem stummen Rummaulen wachsender Enthaltsamkeit. Kaulquappen sudelten sich in einer Lauge aus Maschinenöl.

„Warum sind wir hier ? Warum sind wir hier ? Warum sind wir...?“, stammelte Steffig. „Es ist doch eine Zumutung, sowas. Wie bist du überhaupt auf diese Idee gekommen, dieser...dieser Fabrik einen Besuch abzustatten ? Wie entstand diese Ausgeburt des systematischen Vertrocknungsgeschehens des Geistes ? Einmal möchte ich noch etwas wirklich Gutes essen !“

„Steffig benimmt sich gerade so, als hätte er sich seinen Schwanz eingeklemmt“, dachte Claere.

„Als hätte ich meinen Schwanz eingeklemmt ?“, wiederholte Steffig, „wie kannst du sowas nur denken ? Pfui,...schäm dich ! Einmal was Gutes essen wollen, ist das etwa zuviel verlangt ?“ Weltliche Gelüste überspülten ihn, bis er die ganze Wahrheit als komplett ausgesprochen verstanden lassen wissen wollte.

Währenddessen kauerte die "Usine des chevaux vertes“ besessen im Trott der verwehten Tage. Immerhin war es die Gedenkstunde 1941, die die eben genannte Vereinigung EG-angehöriger Kissenfabriken ins Leben rief. Und nicht nur das: "Usine des chevaux vertes“ war die zweitgrößte Kompilation dieses Genres. Aber nicht lange, nein, nicht lange, denn schon im Nachkriegseuropa hatte die Gesellschaft für die Stillegung von gefährlichen Fabrikkissen dafür gesorgt, dass die genreübergreifende

Besatzungsbekundung zwischen Feind und Kissen zum Erliegen kam. Onkel Ludwig war der vorsitzende Vorsitzende des Kissenfabriksvorstandrates gewesen und wurde als dieser von zwei Fronten geküsst.

Claere und Steffig betraten das kapitolähnliche Innere der Fabrik. Der Gestank aus Federn, Kissenleichen und Fabrikgestank nahm zu. Es war ein schwerer unveränderbarer Geruch, den sie aus ihrer Kindheit kannte. Zwiebelschalen lagen auf dem regennassen Pflaster.

„Schlampe !" Plötzlich war es da. Das Kalkweiß, das fahle Gesicht der Sommernacht. Der kahle Schatten trat Steffig. Er fiel auf die Pflastersteine. Dann erwischte er Claere an der Backe. Ihr Gesichtchen flammte feuerrot auf. Schneller, als sie es für Möglichkeiten gehalten hielt, war er über ihr. Sein meckerndes Gelächter evozierte Lachen in den Ohren seiner noblen Champignon-Schlampe.

„Schinken, Salami oder nur extra Käse ?" Das hatte Onkel Ludwig immer gemurmelt, wenn er sich unbeobachtet gefühlt hatte.

Claere und Steffig kauerten sich in eine Ecke und verharrten dort für eine halbe Stunde.

„Ist er weg ?"

Eine handvoll Schwäne zogen über der Kissenfabrik ihre Kissenfabrikkreise für Schwänekreise. Windböen schauten vorsichtig um die Fabrikgemäuerecken, um danach um so stärker zu winden. Herbstblätter machten ihr Abitur, indem sie einfach nur da waren und die Nacht zeigte sich von ihrer bislang kroatischsten Seite. Freischärler schärlten sich was zurecht, was schon seit langer Zeit nicht mehr zusammengeschärlt wurde. Eine herzegowinistische Königin breitete sich in all ihrer Sinnlichkeit aus. Dann löste sich das sinnverwirrende Wolkengeschmus in Luft auf. All dies sah sie in der geballten Luftfeuchtigkeit, in dieser einen Sekunde, in diesem Moment, bevor der kalkgespukte Ludwig seine Faust herunterstieß. Claere biss zu, biss fest, biss Alles, bis zum Ende, biss ihm Fleisch ab, spuckte ihm das Handfleisch in das Weißbuch.

„Aaaahhhhrrrghhh !" Die Schwäne wandten ihre Hälse über der Fabrik, die als Geburtsstätte der Kissen in aller Munde war. Die Münder von Claere schnappten auf, schnappten zu, schnappten auf, bissen, rissen und verstümmelten ! Sie weinte, spuckte aus, zog hoch und spuckte erneut aus. Die Schwäne wurden zu einer schwarzen Wand über den drei Gesichtern aus Weiß, aus Kalk, aus Vergessen und unerfüllter Begierde, aber sie ruhte plötzlich in sich selbst, die weiße Gestalt, die die Schwäne mit ihren Körpern bildeten. Ein sanfter Windhauch umspielte ihre flauschigen Bäuche. Surrend und gurrend turtelten die Schwäne davon, hinterließen eine kalkweiße, fragende Leere, die sie aber genossen.

„Claere, lass uns gehen. Diese Fabrik gefällt mir nicht", jammerte Steffig.

„Ich weiß selbst nicht mehr, Steff. Ich kam hierher, um die Fäulnis und den Verfall zu erleben, der uns alle eines Tages befällt. Ich möchte jetzt auch gehen. Ich weiß es ja, wir sahen nicht Onkel Ludwig, sondern nur die Projektion von Planquadrat 'MNM-NMN-MNMNMN', der Welt unter dem Eis." Claere schwieg eine Weile. Sie stützten sich aufeinander und traten den Heimweg an.

„Wo kommen die denn hin, wo wollen die her ?", frägte sich der gut 73 Jahre junge Girlanda, der hinter allem hereiferte, was Beine hatte, mit denen man Kissenfabriken besuchen konnte. Wie immer stand er am Fenster und beobachtete sämtliche Claeresse und mehrere Steffige, denn das war sein Beruf.

„Girlandalein, Girlandalein", selbstliebte sich der alte Sack, „an ihren Leibchen klebt noch ein Hauch Kissenfabrikkultur, über ihren Köpfen auch."

Girlanda bohrte sich politverdrossen in der Nase und grub und grub. Seine Fingerkuppe erahnte schon lange, was eine Beleidigung für ein jedes Tageslicht werden würde. Girlanda stutzte. Seine Fingerkuppe war unter der Last des Naseninhalts eingebrochen, der Fingernagel stöhnte unter der Last. Wie eine Schaufel, wie ein Spaten von Gudewer, wie ein Bagger schob sich der Nagel unter den Bumann, der langsam die Gestalt von "Hitler unter der Dusche" annahm. Der Chanson "Reichskristallnacht" dröhnte aus seinen Nasenöffnungen, sein Gaumen hart wie Eva Braun. Sein Magen zog sich zu einem prall aufgeblasenen Luftballon zusammen.

„Ich verlange....", schrie Steffig zu Girlanda hoch, den er schon lang nicht mehr hatte in der Nase bohren sehen.

„Ist ja gut", meinte Girlanda ertappt und stopfte sich diese Nasenversion des Dritten Reiches zurück in seinen Riecher.

„Nazischwein", hauchte Claere verliebt; ihr entging dabei nicht, dass sie feucht wurde.

„Süßes Kind", liebreizte Steffig, sah Claere an, meinte aber Girlanda und wurde ebenfalls feucht nahe des Schrittes. Eigentlich meinte er Claere, sah aber die Vase mit den Magnolien an. Claere meinte eigentlich sich selbst, fühlte sich jedoch gleichzeitig von der Vase beobachtet. Die Vase mit den Blumen der Polygamie mochte sie alle, tat aber indifferent. Eigentlich mochte Claere auch Steffig, und umgekehrt, aber sie waren zu träge, daraus einen biografischen Einschnitt erwachsen zu lassen. Die Magnolien schienen sie anzustarren. Jede einzelne sabberte Tränen unverzagender Sabbertränen.

Die Blicke der Restaurantanwesenden schwebten hin und her, unschlüssig, verweilend, fraglich und das Gegenüber auffordernd. Endlich kam die Bedienung mit der Rechnung.

„Dreimal Schokosahne, zwei Kaffee, einen Tee. Kanne oder Kännchen ?"

„Wir hatten zwei Kännchen und eine Tasse."

Girlanda fletschte die dritten Zähne.

„Barbaren", dachte er. „Barfüßige Kretins !" Die wichtigen Informationen, die im Hirn von Claere Pollzter verschüttet lagen, warteten und erschienen ihm ferner, als je zuvor. Der Angler hatte wenigstens verstanden, was es bedeutete, im Trüben zu fischen, aber diese Hohlköpfe vom Amt verstanden gar nichts. Seine Fußnägel schrien und heulten und mahnten ihn zur Vorsicht, aber sein Kopf, oder doch zumindest ein Teil seines Kopfes bestand darauf, zur Tat zu schreiten. Morgen oder heute. Oder morgen. Oder HÄUTE. So wie diese bargesäßigen Barbarenkretins !

Steffig küsste Steffis kleinen, seidenhöschen-überspannten Po. Sie bewegte ihre Beine spielerisch, wie eine Wippe. Der Kakadu im Zimmer nebenan stellte sein Hauptgefieder auf, donnernd, fragend, beharrlich.

„Oh Steffi, du Windhundschlaf, du Sturm über den Beinhügeln, kleine Schwester."

Draussen schwirrte ein Schwertransporter vorbei, das Radio aufgedreht, die Musik der Ätherwellen zur Eindringlichkeit gesteigert.

Steffig rollte sich aus dem Bett und zog sein Nadelstreifenhemd über. In seinen Schuhen lagen die Brösel einer zerkrümelten Nacht. Der Morgen versorgte ihre adrenalinarmen Diastolen mit luftiger Liebe. Die Sonne sang strahlende, mütterliche Erwärmung des Menschen Haut.

Steffigs Anti-Schuppen-Shampoo war alle.

„Na ja, wenigstens die Rasierklingen sind noch scharf." Irrtum ! Steffi verwendete sie seit Jahren für ihre Beine.

„Lüsterne Sphinx", murmelte er, wobei er hart an ihrem kitzeligen rechten Zeh sog.

„Hihihi !", kicherte sie und bog ihren Oberkörper nach hinten. Ihre beiden puddingformgroßen Brüste verlagerten ihr Gewicht zurück und rutschten zwei Zentimeter an ihrem Oberkörper hinab. Das sah er zu gern. Nun lachte auch Steffig und biss in ihren Höschenträger.

„Du dessouskauendes Monstrum !", seufzte sie und schlang ihre langen Beine, die in kurzen Füßen mündeten, um ihre Bruderhüfte.

Das Gebäude erzitterte unter den Erschütterungen eines vorbeifahrenden Schwertransporters.

Die vergangenen acht Stunden waren geradezu bewusstseinserweiternd. Um Viertel vor drei hatte sie einen größerwerdenden Tunnel vor Augen gesehen, durch den ein silberner Keil aus Gewohnheit auf sie zuschoss, sich in ihrem Unterleib aufspannte, wie ein Regenschirm, ein tropfender, wasserabperlender Regenschirm. Warmes Blut füllte ihre Lippen. Wie sie am Frühstückstisch das butter-marmeladen-anhaftende Messer ableckte. Wie er ihre Augenlider mochte, wenn sie sich dem Anblick der noch-nicht-aufgeschnittenen Brötchen hingab. Eine Ewigkeit sagte er ihr, dass die Mittagssonne durch das Fenster kommen würde, wenn sie nicht die Vorhänge an den Ort der Verhüllung brächten, seinen schwefelbadgestärkten Körper.

Das Messer gegen die Kakaotasse schlagend, erklang ein heller Keramikton.

„Du Frühstückssphinx !", meinte er lächelnd. Sie fuhr mit ihrem linken Fuß sein rechtes Bein herauf. Grinsend stellte er sich die Untertischszene vor, ihre nun unterwäschefreien Schenkel, die auffordernd auf und zu schwangen. Sie kräuselte ihre Nase und tat, als schnappe sie nach ihm. Steffig lächelte etwas und schaltete den Fernseher mittels Fernbedienung an. Er zappte sich durch 69 Kanäle, bis seine nervösen Finger bei "Bert Belfasts Turnier-Braten" erlahmten.

„Muskeln lockern und volle Lautstärke", sagte er sich.

„Und jetzt panieren", rief Showmaster Bert ins Megaphon. Die Kandidaten taten wie befohlen. Steffig lief rot an.

„Das ist eine Makrele, du Idiot", brüllte er vom Sofa, „...mehr Paniermehl !"

„Die 2 führt, dicht gefolgt von der 8. Und jetzt das Bratfett !", schallte es aus dem Televisor. Bert Belfast geriet in Ekstase, lief aufgeregt von einer Pfanne zur anderen. Das Publikum johlte und stampfte mit den Füßen.

Mechanisch stand Steffig auf und ging auf den Balkon. Drunten auf der Straße sprach ein Herr mit einem Mülleimer, der, so kam es Steffig vor, in spektralfarbenes

Licht gehüllt war. Die Luft roch nach Hydroxcyl-Defloxydsanol.

Bert Belfast und er waren zusammen zur Berufsschule gegangen. Dort hatte sich der charismatische, aber völlig skrupellose Protoshowmaster an seine Schwester herangemacht. Steffig, der es schon in jenen frühen Tagen nicht gerne sah, wenn ein anderer Hormonbeutel sich seiner Steffi näherte, hatte ihm daraufhin die Nase blutig geschlagen. Am nächsten Tag war der eitle Belfast mit einem Zinken zur Schule gekommen, der völlig mit Abdeckrouge bekleistert war. Er hatte Rache geschworen, war aber wohl nicht mehr dazu gekommen, bei all den Abschlussprüfungen und dem ganzen Stress.

Unten im Hof spielten zwei Kinder "Katzenfüllen". Sie stopften einen Hochdruckwasserschlauch in den Schlund des Tieres und drehten auf. Fontänen spritzten zur Seite und die Gören grölten entzückt. Die Katze explodierte mit nassem Geschrei, ohne mit der Wimper gezuckt zu haben. „Sollte das alles gewesen sein, was aus so einer Katze rauszuholen war ?", dachte sich das jüngere Kind, nahm den Schlauch und füllte das andere Kind auch mit Wasser. Nach mehr als 20 Minuten drohte das Kind zu platzen. Aber ihnen wurde es zu langweilig. Noch eine Katze fangen und sie rösten, würde auch zu lange dauern. Man hatte ja nicht viel Zeit, sollte doch um 18 Uhr die Straße gesperrt werden, damit der Zug nach Basel passieren konnte. Also verließ man den Hof in die richtige Richtung, ohne nach Belfast zu sehen; er war ja sowieso nur ein Penner von vielen, die im Hof lungerten.

„Wisst ihr was…?", rief Steffig vom Balkon, ging dann aber wieder hinein, da er irgendwie den Faden verloren hatte. Es war doch in jedem Fall besser, sich vorher Notizen zu machen, wenn man etwas Obszönes in die Nachbarschaft grölen wollte.

„Gestern bin ich noch..., was war es noch ?, gestern bin ich noch..." Er konnte sich heute einfach nicht konzentrieren. Steffi kramte in ihrem Morgenmantel.

„Wo habe ich nur die Dissertation über kausale Phrasen hingesteckt ?", murmelte sie. „Ich muss sie unbedingt wegwerfen ! Hast du sie gesehen, Steffigschätzchen ?" Sie kraulte ihn am Kinn. Er grinste und war mit der Welt ausgesöhnt. „Um 2 musst du zu den 'Anonymen Synonymen'. Das hast du hoffentlich nicht vergessen."

„Aber wie könnte ich denn ?", meinte er und zog sich einen grünen, gestreiften Strumpf aus. „Wo ist die Schere für Zehennägel ?"

„Im Nähkästchen, Bärchen !" Er ging durch den sonnenhellen Korridor, um die Schere zu holen, als etwas durch den Schlitz in der Tür gezwungen wurde. Platschend fiel es zu Boden.

„Post ist da, Hasi !" Er trat zu der soeben eingetroffenen Sendung und hob das kleine cremefarbene Päckchen auf. Dann löste Steffig das Band von der Verpackung ab und öffnete die Schachtel. Ein scharfer, rauher Ton entfuhr seiner Kehle, als er erschrocken sah, was sich im Inneren des Päckchens befand. Es war ein dunkelroter Kokon, in Form einer mageren Faust.

„So", dachte er, „da haben sie mich also doch noch in den Adelsstand erhoben. Fledermausi, sie haben mich in die Führungselite befördert. Ist das nicht eine nette Geste, wenn man bedenkt, dass ich diese Leute gar nicht kenne ?"

„Du kannst dich ja gelegentlich mal revanchieren und sie zum Essen einladen."

„Ja, aber wen denn ?"

„Na, halt irgendwen !" Steffi hockte auf dem Boden und wühlte den Inhalt der Kommode heraus.

„Was soll ich denn jetzt machen ? Wie soll ich mich verhalten ? Mmh, ich könnte eine Rede halten." Er sank schlaff in den Sessel.

Die Sonne versank klanglos hinter dem noch so grünen Wald. Steffi sprach ein Gebet, das sie sich selbst ausgedacht hatte. Sie nahm ihr Gebiss heraus, um es ins Hundekörbchen zu legen. Hier findet sie es wenigstens morgens wieder. Ihre roten Haare brauchte sie ja nur zu falten. Als sie sich gerade ins Bett legen wollte, klingelte es an der Tür.

„Wer kann das jetzt noch sein ?", sprach sie, als sie den Flur entlanglief. Sie schloss die Tür auf und da stand: ER ! Er hatte sie doch neulich in der Metro angesprochen. Der Mann kam herein, nahm sich ein Buch und einen Drink aus dem Kühlschrank, setzte sich frech auf das gelbe Sofa und blickte Steffi gierig an. Irgendwie mochte sie ihn. Also setzte sie sich auf das rote Sofa und zündete sich eine Zigarette an.

„Wieviele Planeten sind in unserem Sonnensystem ?", fragte er ganz unschuldig. Als sie nicht sofort antworten konnte, stand er auf, trat an das rote Sofa, nahm ihre linke Brust in seine rechte Hand und lächelte. „Eine Handvoll", antwortete er nonchalant. Sie grinste.

Intermezzo:


„Fräulein Pollzter ?" Claere drehte sich ein wenig erschrocken um, als so plötzlich eine tiefe Stimme neben ihrem Ohr erklang, über das ihre Locken hingen. Sie hatte süße Stunden damit verbracht, im Möbelkontor ihres Onkel Ludwigs der Endfertigung zuzusehen. Aber nun riss diese Stimme sie aus ihren wohligen Träumen.
„Merkwürdig", dachte Claere, denn der überraschende Redner stand gar nicht neben ihr, sondern kam erst auf sie zu. Dabei hätte sie schwören können, er flüsterte direkt in ihr jungfräuliches Ohr.
Der Mann trug eine Chauffeursuniform aus dunklem Stoff und eine maßgeschneiderte Schirmmütze, ebenfalls nachtblau. Er kam durch die wirbelnden Holzspäne des Kontorbodens auf sie zu, und im ersten Moment hatte sie den heissverlangenden Wunsch, zu fliehen. Dann stand er vor ihr. Ein Gesicht, aus Fleisch gehauen, wie aus Stein, lächelnd.
„Ich...seien...Chauffeur...", brachte er mühevoll hervor, „Ihr...Chauffeur." Von ihm ging eine erstickende Hitze aus.
„Bitte ? Ich habe keinen Wagen bestellt !" Der hagere Fahrer deutete in Richtung Kontorausgang. Im hellen Sonnenlicht stand eine schwarze Limousine. Claere folgte ihm. Der Wagen sah aus, als ob er einem ausländischen Diplomaten gehörte. Auf der Kühlerhaube erhob sich ein silberner Fisch aus den zwei kleinen Metallwellen unter ihm. Der Chauffeur trat an die doppelten Fahrgasttüren und öffnete ihr.
„Bitte einsteigen !" Die Aufforderung klang so, als ob sie in einer wassergefüllten Badewanne Platz nehmen sollte, aber nicht in einer Limousine.
„Aber, ich habe wirklich keinen...!"

Das Innere des Wagens roch gut, nicht wie diese Maschinen sonst rochen. Es hatte das Aroma eines Nachttischchens.

„Also schön…, ich tue es." Sie stieg ein, der Uniformierte schloss die Tür, ging um den Wagen herum, stieg ein und fuhr los. Seine Gummistiefel traten auf das Gaspedal und die Karosse glitt handtuchweich vom Kontorgelände.
(Intermezzo-Ende)

Kris saß auf einer Parkbank unter den lichtdämpfenden Schattenkronen der 1897 gepflanzten Ulmenbäume. Ernsthaft versuchte er, die Informationen, die er, im Korb versteckt, erlauscht hatte, in eine sinnergebende Reihe zu bringen. Er spürte, oder glaubte zu spüren, wie die letzten zwei Weichtoffee-Vierecke in seiner rechten Hosentasche vorne (neben dem Papiertaschentuch) schmolzen und zu einem ineinanderlaufenden Klumpen wurden.

So beobachtete er den Damenfrisiersalon gegenüber dem Park und nahm sich nach jeder der wenig zahlreichen Kundinnen vor, aufzustehen und nun endlich zu gehen. Aber er blieb immer wieder sitzen. Versunken in den Anblick der Modefotos (Haarmode, in diesem Falle), grübelte Kris tief und rund. Diese jungen Frauen auf den Bildern schienen eine eigene Art von Zeit zu besitzen. Schon als er, „vor Äonen", dachte er, als kleiner Junge seine Mutter in diese Salons begleitet hatte, war ihm das alterslose Aussehen dieser Schlagsahnegesichter aufgefallen. Auch heute (er musste gut fünf, vielleicht sogar zehn Jahre älter sein, als diese Modefrätzchen) schienen sie ihm nicht jünger, im Gegenteil. Seltsam, mit Marika teilte er eine echte, reale Zeit, aber diese Gesichter gehörten irgendwie in ein völlig anderes Gefüge.

Die Marktplatzuhr schlug Fünf. Kris drehte sich um, sah hinauf zu dem Ziffernblatt am Turm, der sich Stein für Stein in den Nachmittagshimmel hob. Der Zeiger mit dem langen Finger, dem Fingerzeig, stand auf V. Die Fingerzeit war auch im Friseurladen fünf Uhr. Nur auf oder in den Bildern, Schmeichelzeit auf den jungbäckigen Haarmädchen, standen die Uhren stumm und still.

Er griff in seine Hosentasche, holte die ineinandergeschmolzenen Weichtoffees heraus und warf sie in einen vogelvollen Papierkorb. Die Vogelfülle flatterte auf und Kris ging über die Straße. Er betrat den Salon.

„Guten Tag, ist hier ein Bus abgegeben worden ?", sprach er und nahm eine Flasche Shampoo aus dem Regal. „Keiner, aber auch keiner hat einen gesehen, hä ? Ich werd' euch was erzählen, Friends !" Die Flasche aber war nicht verschlossen, so konnte Kris den Inhalt nicht mehr halten und ließ dem Shampoo seinen Lauf.

„Steh auf !", schrie er den Spiegel an. „Seht ihr, so wird es euch auch ergehen !" Keiner, aber auch keiner nahm Notiz von ihm. Nur der Spiegel schaute ihn an. Also nahm er sein Schicksal in die Hand und ging aus dem Salon.

Die Straße war wie leergefegt. Kris schlenderte entlang des Trottoirs, das sich unter seinen Füßen zu verformen schien. Warum hatten sie ihm im Salon keine anständige Auskunft geben können ? Warum hatten alle Kunden lippenlose Gebisse im Gesicht ?

„Niemals, niemals mehr will ich mir die Haare schneiden", schnaubte er vor sich hin. „Etwas Haarwasser vielleicht, gut."

Eine Limousine fuhr an ihm vorbei, als er zum Park hinüberging. Das Innere des Wagens war abgedunkelt, aber der kleine ungewöhnliche Metallfisch auf der Motorenhaube erregte Kris' Aufmerksamkeit. Dann war der Wagen um die Ecke Erbrechtstraße verschwunden und schon aus seinem Sinn.

Der Tag war sonnig und warm gewesen, eigentlich zu warm für diese Jahreszeit. Aber nun, da der Nachtabend nähergeschoben wurde, gingen die Temperaturen in die Knie.

Ein kleines Kinderspielzeug hing im Fenster eines alten Patrizierhauses: Ein Rappelzappelmann mit klapprigen Gelenken und Scharnieren. Dann tauchte ein Kindergesicht hinter dem Fensterglas auf. Mit einem Schlag war die ganze Scheibe beschlagen, so, als sei im Inneren des Hauses ein Dampfrohr gebrochen. Der

Zappelrappler starrte Kris durch den Atemnebelbeschlag an.

In Gedanken an Marika verweilend, schlenderte er weiter zu der öffentlichen Speiseausgabe, nahm eine Scheibe Brot und biss in sie hinein. Den Rest steckte er in die Tasche. Man gab ihm einen Teller Zwiebelsuppe, aber er fischte sich nur die Zwiebel raus und ließ Suppe Suppe sein. Nun steckte er alles zusammen in sein Handtuch, knotete es zusammen und schlug damit eine alte Frau blutig. Noch röchelnd, bettelte sie um ihr Leben, aber Kris schlug immer weiter. Hatte er etwas zu verschenken ? Etwa an Bettler ?

Kris verließ die Hütte, um sich einen Burger aus dem Automaten zu ziehen, waren diese doch kalt eine Köstlichkeit. Es fehlte nur noch ein Kaffee.

„Da steht doch ein Yuppie an der Kreuzung, der hat bestimmt einen Kaffee für mich", dachte sich Kris und sprach ihn an. Doch der Fremde verstand kein Wort.

„Was fällt Ihnen ein, meine alte Mutter zu schlagen ?", fragte er Kris stattdessen. „Können Sie sich mal ausweisen ?" Kris ergriff die Flucht. Über die laubnassen, rutschigen Straßen hinweg, ging seine Hexenflucht, den Hüter der mütterschützenden Ordnung hart auf seinen Achillesfersen. Der Fremde kochte und dampfte und schnaubte vor gerechtem Zorn, bibelfester Steinrache. Dabei hatte Kris der alten Dame doch nur Brot und Zwiebel gereicht. Ein schlafgestörter Straßenkehrer schaute Kris tief ins Gesicht, so dass dieser errötete, ohne aber ein Grinsen zu unterdrücken. Brot und Zwiebel für den Sozialismus konnte Kris noch erkennen, als er in eine tiefe Ohnmacht fiel. Die wirbelnden Strudel heimatloser Schwindelgefühle stürzten sich auf ihn, überwältigten ihn und verschlangen seinen Wachverstand. Pauken und

Trommeln dröhnten. Haltsuchend stürzte Kris. Der grundlose Taumel nahm ihn auf.

Als der Kirchturm acht schlug, war Claere so weit mit den Nerven am Ende, dass sie nur noch in Stücken sprechen konnte. War doch der Fahrer so gerast, dass sie sich weder umziehen, noch irgendwas von der schmächtigen Stadt in sich aufsaugen konnte. Also erbrach sie erst in Worten und dann in Tränen.

„Oh nein, ich habe meine Schuhe vergessen !", schrie sie in alle Richtungen. Dann heulte sie wie eine Sirene, die gerade vom Zahnarzt kam.

„Bitte, Mademoiselle ! Nicht erbrechen in...Tränen", meinte der Fahrer, „wir gleich...da !" Der Wagen bog auf das verwahrloste Grundstück eines Bademeisters.

„Hier wollen sie wohl auftanken ?", argwöhnte Claere. Der Fahrer stieg aus und ging auf das Haus zu, dessen Fenster und Türen mit Brettern vernagelt waren. Er warf seine Mütze in die Luft und murmelte etwas in sein Hemd. Dann trat er an ein verrammeltes Fenster, trat mit dem Schuh gegen die Wand und hielt seinen Kopf dicht an eine Öffnung, die von zwei Brettern gebildet wurde. Er schien zu lauschen, jedenfalls bewegte er sich ein paar Sekunden nicht.

Claere kurbelte die Scheibe herunter, als sie sich auszog, um ihre Garderobe für die Peepshow anzulegen. Viel brauchte sie dafür ja nicht, kam doch sowieso der ganze Angelverein zu ihrer Party. Also nahm sie sich noch ein Bier aus der Kühlbox und trank es mit einem Zug aus. Dann wischte sie sich den Mund mit ihrem Kleid ab, das sie noch in den Händen hielt und rülpste wie ein Specht. Anschließend verließ sie das Auto mit einem lauten Zuklappen der Wagentüren.

Eigentlich mochte sie diese Art von unangemeldeten Auftritten nicht besonders, aber wenn Not am Mann war, machte sie auch schon mal eine kleine Ausnahme.

Ein Privatflugzeug flog über das Gelände und ließ sein sattes, hungerloses Knurren erklingen. Die Cockpitfenster glänzten im warmen Licht der untergehenden Sonne und eine Schulklasse winkte ihnen zu.

Aus dem alten Haus erklangen Geräusche, ein Murmeln, ein Flüstern, dann schiefer Gesang. Der Fahrer trat einen Schritt zurück. Ein stark behaarter Arm reichte ihm durch die Bretter einen Beutel heraus. Dann winkte und gestikulierte er in Claeres Richtung. Der Fahrer plusterte seine Backen auf und setzte seine Mütze an das linke Ohr, worauf sich der Arm zurückzog.

„Kommen Sie, es geht weiter", informierte er Claere. Im Wagen hatte sie Gelegenheit, einen Blick auf den halb geöffneten Beutel zu werfen, der nun auf dem Beifahrersitz lag. Kleine Spielfiguren konnte sie erkennen, des weiteren Mohnkuchen und einen Notizblock.

„Woher haben Sie das alles ?", fragte Claere.

„Iiich nix", formulierte der Fahrer aus.

„Ach, gut zu wissen", meinte sie, blinzelte rüber zu den Spielfiguren und war sich sicher, dass der Fahrer gelogen hatte. Was sie sah, gab es gar nicht. Aber von Mohnblöcken und Notizkuchen, davon hatte sie schon viel gehört und gelesen. Sie war ja schließlich noch nicht ganz irre geworden. Und wenn hier einer im Auto unwissend und nicht der hellsten einer war, dann war es dieser ausländische Mann von Fahrer. Außerdem kann er nicht einmal richtig Deutsch.

„Alter Sack", dachte sich Claere gewissenhaft.

„Wenn ich mal etwas sagen darf", unterbrach der Franzose.

„Aber sicher das", erwiderte sie und harrte der Worte.

„Je voudrais entier ne pas constater les grandes colères."

„Danke", bedankte sich die dankbare Claere.

„Bitte", verbittete sich der verbitterte Fahrer. Er schaltete in den siebten Gang und das Gefährt schoss in den Herbstnachmittag. Den kleinen Wapiti nicht beachtend, den sie fast überfuhren, rasten sie von dannen.

Der nordamerikanische Elch, dem man alle Federn genommen hatte, ging über die Straße und betrat den Laden von Volker Völkermod.

„Tach, Mensch !", sagte der Hirsch.

„Tach, Hirsch !", sagte der Ladenbesitzer.

„Es geht um die Treppenhausreinigung", setzte der Paarhufer an. „Ich konnte genau beobachten, wie sie es unterlassen haben, vor meiner Türe zu wischen. Wie erklären Sie sich, zumal Sie ja Blockwart sind, dieses nachbarschaftlich recht unsolidarische Verhalten ?"

„ICH BIN KELLERWART, NICHT BLOCKWART. Und in ihrem Keller befinden sich fünfzehn heizbare Kollektiv-Rasenmäher, darunter zwei Dosen-Sägen, ein Gummi-Schnitzel und eine halsbrecherische 'Clematis violensis'."

„So, jetzt habe ich aber genug ! Sie WART Sie !". Sprach es und ging hinaus.

Der Fahrer insodessen nahm's gelassen, zog an seiner kalten Pfeife, nahm den Feldstecher in die linke, den 6er-Pack Bier in die rechte und schlich sich davon. Am Schießstand angekommen, legte er seinen Mantel ab, den Feldstecher darauf und setzte sich hinter einen buschigen Baum. Nach dem dritten Bier fiel ihm ein, dass es ja auch bald regnen könnte. Also trank er das nächste auch aus. Langsam begann er einzuschlafen.

Nach mehreren Tagen war der Feldstecher verschwunden und Claere begann nun, auch den Fahrer zu vermissen. Sollte sie nun den Wagen alleine fahren, oder gar fast halbnackt zum Highway runterlaufen ?

„Nein !", sprach sie mit einem Augenzwinkern. „Ich werde mir eine Zeitung kaufen, und daraus bau' ich mir eine

Hütte !" Alle umstehenden Personen schauten sie geschockt an. Sie blickten auf Claere, wie sich die tapfere kleine Person gegen diese Unbill ihres jungen Schicksals verankämpfte.

Gähnend erwachte der Fahrer und schlief wieder ein. Hier sein Traum:

Eine Halbwüchsige steht auf einem Hügel, ein Band in der Hand. Wind kommt auf. Das Band weht im Luftzug und wird von der Luftströmung gegen ihren Körper gedrückt, einen Fingerbreit unter ihrer rechten Brust. Sie nickt. Und ihre Fingernägel scheinen an ihrem Körper hinabzuwandern.

Der Chauffeur erwachte erfrischt, unter einer leichten Versteifung innerhalb seines Beinzwischenraumes leidend. Er trank noch das letzte Bier und begab sich weg.

Claere, die inzwischen ihre Kleider im Bach gewaschen, getrocknet, gemangelt und einsortiert, ihr Haar shampooniert, gewaschen, gefönt und frisiert hatte, saß am Lagerfeuer und rauchte mit zwei jugendlichen Pfadfindern einen zwischenmenschlichen Joint. Obwohl sie die beiden Halbwüchsigen jetzt gern im frischen Herbstlaub entjungfert hätte, beschloss sie pflichtbewusst, nach dem Chauffeur zu suchen, der im Wald herumirrte.

10:49:02 Uhr. Als Steffi dem Haustürklingeln an diesem Morgen nachging und öffnete, erwartete sie halbwegs, den Unbekannten aus der U-Bahn zu erspähen, der, nachdem er, sie und Steffig des Nachts einen flotten Dreier vollzogen hatten, vor einer runden halben Stunde gegangen war. Aber zu ihrer Überraschung stand nicht er, sondern ihre Tante Emaille vor der Tür. Die gutgelaunte Frau, deren Größe es verhindert hatte, dass sie in ihrer Jugend eine Modellkarriere hätte haben können, war eine alte Jungfer, ein dürres Paket Reis, mit einem Herz aus Gold.

„Hallo, Kind. Hast mal wieder nichts an, außer deinem Slip !", lachte Tante Emaille und gab Steffi ein Küsschen auf die Wange. „Da kann doch wer-weiß-wer draußen vor der Tür stehen ! Herr im Himmel !"

„Wer ist da ?", fragte Steffig, der noch halb schlafend aus dem Bett gestiegen kam. Seine Haare hingen ihm vor die Augen und mit einem Laken verdeckte er seine Blöße.

„Juhu, Steffigschatz, ich bin's !", winkte Emaille und trug ihre Koffer herein.

„Oh, Hallo Tantchen. Wie geht's ?", gähnte er.

„Ausgezeichnet ! Und euch kleinen Turteltäubchen ? Ach, da brauch' ich gar nicht fragen, das seh' ich ja schon so." Sie tätschelte ihm die linke Hinterbacke. „Seid wieder die ganze Nacht nicht zum Schlafen gekommen, was ?"

Über die Beziehung der beiden wusste sie schon längere Zeit Bescheid, und zwar seit jenem Pfingstwochenende, als sie Bruder und Schwester zufällig in dem kleinen Schuppen hinter dem Haus überrascht hatte, der im Spätsommer immer zur Hundedekompression benutzt wurde. Sie hatte schon vorher etwas geargwöhnt, aber als sie das Paar damals so kuscheln sah, Steffis träumerisches Gesicht zwischen Steffigs Beinen, brachte sie es nicht fertig, die besserwissende Tante herauszukehren. Die Kinder waren glücklich, und das war die Hauptsache, was sie betraf.

„Ich könnte einen Kaffee vertragen, Liebes", meinte sie erschöpft, aber heiter. „Ich komme gerade aus Ohio, mit stundenlanger Verspätung. Dort hab' ich meinen alten Karatelehrer besucht, der zur Hypochondrie neigt. Er arbeitet jetzt als Kunsthistoriker, Fachgebiet 'Niederländische Malerei des 16. Jahrhunderts'. Kinder, ihr hättet ihn erleben müssen. Er ist brillant. In der Vorlesung kam ein Ozelot nach vorn und bat um eine Erfrischung. Und da sagte Ziegler: In..."

„Das ist ja alles ganz nett und gut, Tantchen, aber deine Bagage lässt mich vermuten, dass du länger bleiben willst."

„Famos kombiniert, Schätzelchen. Steffig, du hast die Materie, wie ich sehe, bereits penetriert. Ein kleiner Detektiv, wa ?", ironisierte sie leicht aus der Wäsche.

Ein Bomber flog über das Haus und die Kristallschneckenhämmer vibrierten im Takt von "La Traviata".

„So...", seufzte Emaille, „der Bomber ruft auf zum sesshaft werden !" „STEFFIG", brüllte die bislang gewitzt beherrschte Tante, „nach einem frischen Handtuch brauche ich sicher nicht zu fragen, oder ? Hängt sicher schon, oder ? Brauche ich bestimmt nicht zweimal nach zu fragen, nach dem Handtuch, Steffig, oder ? Oder du, Steffi", raunzte Emaille sie an, „'Handtuch'...genügt dir dieses Stichwort ? Hängt es ? STEFFI...Hängt es ?"

„Tantchen, du bist hier zu Besuch", lautete Steffig klein.

„Tante Emaille", schaltete sich Steffi zwischen, „Steffig ist mein Geschwist !", leitete sie mit ihrem beschissenen Grundschulwissen grammatikalisch falsch ab.

„Ja und ?", beruhigte sich die Tante.

„...Und ist mein über alles geliebter Bruderschatz. ICH LIEBE IHN, Tantchen !!! Ich liebe diesen sexy Bastard. Ich brauche diesen ’Sucker’ !“ Steffi fing an zu weinen.

Steffig stand fassungslos da. Sein Mund und seine Augen waren weit verschlossen. Nun war die Wahrheit ans Licht gekommen ! Eine Wahrheit, die sowieso jeder kannte, die aber durch das Jederkennen nicht geschmälert wurde.

Die Tante der Tanten, sie lachte hell auf. Steffig grinste, und Steffi zeigte ihr makellos weißes Gebiss in entzückendem Gelachmal. Ein warmes Gefühl der Vertrautheit und der Zusammengehörigkeit durchwaberte ihre kollektiven Gemüter und sie konnten nur noch die Niedlichkeit ihres jeweiligen Gegenübers attestieren.

„Wat war dat, ein Kaffee ?“, fragte die Schwester der Geschwister ihre anverwandte Anverwandte. „Sollst du haben. Sollst du kriegen. Und deswegen sollst du‘s auch kriegenhaben !“

„Ich will was zum Trinken !“, verlangte Emaille kurzerhand. Steffig schmunzelte betäubt und betrachtete das kleine goldgelbe Samuraikriegerbärchen, das auf seinem Laken über der Blöße, über seinem Schwesterverwöhner predigte. Ja, gelegentlich huldigte er einem narzistischen, pathologischen Individualismus. Und seine Selbstvergessenheit war wie ein geistiges Antibiotikum, wie eine geistige Chemotherapie. Oder wie eine Terrasse für Jedermann.

Mit einer Hand masturbierend, mit der anderen ein Kreuzworträtsel ausfüllend, saß seine Schwester im Korbstuhl, seinsvergessen, solitär, bourgeois.

„Wenn bei Capri die rote Sonne im Meer versinkt und vom Himmel die knochenbleiche Sichel des Mondes blinkt...“, sang sie leise.

„Oh, take it easy, Darling“, zwitscherte Tante Emaille. „Take it eeeeeeeeeeeeeeeeeeeeeeeeeeeasy, Sweetheart.“

Steffig kam etwas näher an sie heran, umschlang ihre Hüften mit dem Laken und zog sie zu sich. Zärtlich hauchte er ihr ins Ohr:

„Ich will dich, bevor die Sonne im Meer versingt, Sweatnose."

„Oh nein, ich hab' genug für heute ! Ich will fernsehen !"

„Och, komm schon, bevor ich's mir überlege", grunzte er. Aber sie blieb kalt, zog sich ihre engen Lederstiefel an und ging in die Küche, um abzuwaschen.

„Ihre Stiefel sind ihr eigentlich ein bisschen zu groß, aber sie hatte ja nur dieses eine Paar", wusste der autoritäre Erzähler zu verkünden. Dann überließ er das Geschehen wieder dem Geschehen und den geschehenen Personen, die ja auch viel besser wussten, was sie von dem personalen Geschehen zu erwarten, ja, zu erhoffen hatten. Und darum tat er es: Steffis Leder-, ja, Lacklederstiefel, ja, ich möchte sagen, reibegeile Lacklederstiefelchen hatten sich lange, lange Zeit schon mit Spülmittel und Geschirr gefüllt und waren auch ganz schön unpraktisch beim Gehen und so, du weißt, was ich meine. Nun, da geschah das Erwartete und Tante Emaille forderte ihren Kaffee. Sie streckte ihren Kopf in den Küchenraum. Nur den Kopf. IHRE AUGEN SAHEN IN DIE KÜCHE, GROßE STARRE AUGEN MIT AUGEN IN AUGEN IN AUGEN.

„Keep smiling, Sweetie. Take it easy, Baby", sagte sie. Wie ein Storch, der keine brasilianischen, neorealistischen Sozialdramen mit französischen Untertiteln mag, wie eine Backgammon-Spielerin im 4. Monat, wie wenn Frau Döhrse Fische füttert, sah sie TIEF IN DAS INNERE DES KÜCHENGEWÖLBES. Sonnenprotuberanzen auf der Herdplatte. Eruptionen im Ofen.

„Möchtest du einen Kaffee ?", fragte Steffig seine Tantenerscheinung.

„Gern", antwortete sie. Steffig machte ihr einen.

Im Aerobic-Center "GAZELLENTRAUM" herrschte Hochbetrieb. Herr Ausgeburt, der Turnlehrer vom städtischen Leibesertüchtigungsverein, war soeben zum "Held der Arbeit" ernannt worden. Die Damen schwitzten fröhlich in ihre Stretch-Bodies, während Marika auf der Holzbank saß und ihren rechten Fuß massierte.

„Kiep schmeiling, kiep schmeiling", rief der sozialgewandte Mittvierziger. Trikotfasernhaut streckte sich über wohlgerundeten Brüsten, festen Bäuchen, straffen Schenkeln und Fanatismen. Jede der rhythmischen Bewegungen brachte das laue Mittvierzigerblut von Herrn Ausgeburt zum milden Aufkochen.

„Ja, Mädöls, dös ist der röchtige Wög. Der Wög zu Schünheit und Karafft !" Er atmete ein und empfand einen gewissen Schwerelosigkeitsfühler.

Das Material der fleischigen Wirbel, der Krummsäbeltanz der Feelgoodschamanen, die völlige Losgelöstheit im interstellaren Raume. Genau das war es, was den Leibeslehrer nicht interessierte. Er interessierte sich ebenfalls nicht für Politik, wohl aber für den Sozialismus, wiederum nicht für Windkrafträder oder für die Motorik von Blattläusen, wenn diese schelmenhaften Kuscheltiere überhaupt jemals eine Motorik haben eingebaut bekommen. Vielmehr verstand Herr Ausgeburt etwas von Leibesertüchtigungen, jedenfalls von jenen in der Fassung von 1867, weswegen er sich nach seiner Lehrzeit hingabevoll dieser Berufsspannerei hingab. Das war dann auch der Grund, weshalb er "1867er Leibes-ertüchtigungsautoritäts- und -respektsperson" wurde (so stand es jedenfalls in seiner Urkunde).

Mittlerweile war Marikas linker Fuß ebenfalls massiert. Sie sprang auf, vital wie sie war, und fiel hin. Der Grund war folgender: Sie hatte sich etwas zu sehr ihrem linken Fuß hingegeben. Der war nun weitaus stärker durchblutet.

Ihren rechten Fuß hatte sie links liegenlassen. Nun gut, sie mochte ihren linken Fuß halt lieber.

„Was soll's", dachte sie sich, „jeder Mensch bevorzugt nunmal etwas. Und bei mir ist es nunmal der linke Fuß !", stellte sie erneut fest. „Muss ich deswegen ein schlechtes Gewissen haben ?" Herr Ausgeburt war sofort bei ihr.

„Na, Sie haben wohl letzte Nacht schlecht geschissen ?"

„Oh, nein", sprach Marika, „ich war nur in der Kneipe am Hafen."

„Warum der linke ?", fragte er scheu.

„Nun, ich war anschaffen", entgegnete sie.

„Warum der linke ? Sollte nicht auch der andere mal benutzt werden ? Oder gar beide ? Man könnte ja, wie zu meiner Zeit auch, mal einen Sprung ins kalte Wasser wagen." Mit einem festen Griff packte Marika Herrn Ausgeburt im Schritt und zog ihn zu sich ran. Herr Ausgeburt aber schmunzelte:

„Warum der linke Fuß ?"

„Weil er soooo sexy ist !", hauchte sie. „Sehen Sie doch nur..."

„In der Tat", bestätigte er. „Er ist außergewöhnlich schön. Ganz bezaubernd. Wirklich entzückend !"

„Nicht wahr, Ausgeburti ?", schmunzelte Marika. Unter dem begeisterten Beifall der anderen Aerobicteilnehmerinnen fing Ausgeburt an, an ihrem linksfüßigen Zehenprogramm zu saugen. Sie setzte ihm eine schallende, ja hohnlachende Backpfeife an das Mittvierzigergesicht. So etwas ließ sie noch lange nicht mit sich machen. Der Rückenschwung von diesem athletisch-tumben Trainerschnösel ließ sich auch keineswegs mit dem eines Kris oder Daugorsch junior vergleichen. Aber nicht im Traum.

„Gibt es hier keine Softdrinks ?“, fragte Magdalene, ihre Aerobicfreundin, um die Situation ein wenig zu entschärfen.

„Sicher“, brachte Herr Ausgeburt hervor. „Wenn Sie durch die vorletzte Tür, kurz vor’m Bidet für Männer, gehen, an meinem Büro vorbei, sehen Sie einen großen Ofen. Vorsicht, der glüht, ist an ! Öffnen Sie die Ofentür und steigen Sie bitte hinein. Wenn Sie sich ca. 4 Minuten durch‘s Feuer arbeiten, kann Ihre verkohlte Hand links oben einen Automaten ertasten. Dort stehen die Softdrinks, okay ?!“

„Okay“, erwiderte die situationsentschärfbereite Freundin. Mit einem leichten Zischen verschwand sie in der Röhre. Nach etwa 5 bis 6 Minuten zogen die Freundinnen ihre Leiche mit einem rostigen Haken heraus. Ein Softdrink klemmte zwischen ihren Rippen. Leider war er ein wenig heiß, so dass sich Marika ihre Lippen etwas daran erhitzte.

Waxanna Epochanskaija war alles andere, als das westliche Wunschbild einer russischen Agentin. Sie war ziemlich fett, ziemlich intelligent und völlig sozialistisch aufgeklärt. Mit ihr würde James Bond nicht ins Bett steigen wollen.

Die Mittagssonne schien durch die Fenster ihres Büros, vor ihr auf dem Tisch lag eine Tüte mit Bärentatzen. Waxanna schlug die Zeitung auf und las die Nachricht, die heute den kolumnierenden Teil anführte:
"SCHLUGGI BEFÜRWORTENSCHLUGGI, DER CHRISTSTOLLENKÖNIG VON BAD TÖLZ, VERÜBT SELBSTMORD AUF WERKSGELÄNDE."
Sie warf ihrem zahmen Schlüsselbundimitat eine Bärentatze zu und studierelierte den Artikel näher:

"Bad Tölz. Plitsch, platsch klatschte das Hirn (Iiihhh !!!) von dem stadtbekannten Christstollenkönig Schluggi B. gestern abend um 21.40 Uhr gegen die Wand seines holzvertäfelten Arbeitszimmers auf dem Werksgelände. Die Arbeiten an dem Raum waren gerade eben vor zwei Wochen abgeschlossen worden und es war tatsächlich richtig gemütlich und kuschelig geworden. Die Verarbeitung der Leisten gab dem Übergang von holzverkleideter Wand und Fußboden (Vollholz) eine einheitliche Note, die sich wohltuend von der heute so häufig bevorzugten..."

Waxanna überflog den Großteil des Artikels, schlug auf die nächste Seite um und las weiter:

"...hatte besonders darauf geachtet, dass die Gardinen genau zu den Beistelltischdeckchen passten. Sich beißende Farben oder gegeneinander arbeitende Muster sind häufig subtiler Ursprung für Mißstimmungen am

Arbeitsplatz und man kann bei ihrer Auswahl nicht genug darauf achten, dass die Harmonie gewahrt..."

„Ogareff !", rief sie ihren Sekretär ins Büro. Der junge Buchhalter nahm sich ein Herz und küsste Waxanna auf ihre doch so hohe Stirn.
„Halt !", sprach sie erregt. „Wann wird Kenia den roten Mond sehen ?"
„Vielleicht morgen, ...nach Börsenschluss ?", fragte er vorsichtig.
„Falsch ! Raus !", herrschte sie ihn an.
Ein anderer Sekretär kam herein, nahm sich drei Schokolinsen, grinste und verschwand hinter einer Stellwand. Waxanna wunderte sich nicht, würde doch auch er die Antwort nicht kennen. So legte sie eine Käsestulle auf die Briefwaage und sagte:
„381 Gramm, also Montag in acht Tagen." Da stürmte der Sekretär mit einem lauten "Waaf" hervor und sprach:
„Ich hab's gewusst !" Somit war auch er entlassen. Waxanna aß genüsslich ihre Käsestulle auf.

"...besonders die sonnenverwöhnte Südlage schuf in den Arbeitsräumen jene wohlige und zufriedene Atmosphäre, in der sich Schluggi B. gestern auch erschoss." (dH)

„Die Negerküsse mit weißem Schokoladenüberzug sind immer am schnellsten alle", stellte Waxanna betrübt fest. Ja, man musste hier alles wegschließen. Die Kollegen bekamen es immer schnell mit, wenn sich die korpulente Frau etwas Schokolade organisiert hatte. Ihr Führungsoffizier berührte gern Waxannas Schultern mit der Nase. Für diese kleine Gefälligkeit war er gern bereit, West-Ware herauszurücken.

Waxanna sah indifferent aus dem Fenster. Der 13.45-Uhr-Zug dampfte pauswillig durch das Land und die Sonne funkelspiegelglitzerte ihr direkt auf die Nase.

„Girlanda, Girlanda, du alter Saubär", atmete sie Sätze aus. „Hast du es also mal wieder geschafft, mir zuvorzukommen. Schluggi ist dir wohl in die Quere gekommen, was ?"

Sie legte ihre fetten Beine übereinander und verschränkte die Arme hinter dem Kleiderschrank. Ihre Zeit war vorbei. Jetzt konnte sie nur noch warten und hoffen, dass irgend jemand diesen Mann aufhielt.

„Popoff !", rief sie noch einen jungen Sekretär hinein. Ein Popo streckte sich ins Zimmer, kam jedoch nicht näher. Er bestand aus zwei etwa gleich großen Hälften, die einander gegenüber lagen. Waxanna kannte ihn und eines stand fest: Das war nicht Popoffs Popo ! Aber wessen dann ? Auch die Anzahl der langärmeligen Schnecken, die auf ihm krochen, stimmte nicht. Wortlos zog sie die Beretta aus dem Halfter. Noch wortloser verharrte der Popo in seiner Ausgangsstellung, während Waxanna gravitätisch durchlud. Über der Kissenfabrik ging gerade ein Schauer Fettaugen nieder, als sich diese tiefe Beklemmung auf Waxannas Brust legte. Sie wusste nur zu gut um die Bedeutung und erinnerte sich an die Tage in Moskau, die sie mit Schluggi an der Kader-Schule verbrachte. Und da war er wieder ! Derselbe Popo. Derselbe Popo, wie damals in Moskau ! Welches Spiel spielte Schluggi diesmal ?

<u>Ein X für ein U:</u>

Mit verschränkten Armen lag Daugorsch junior in seinem warmen weichen Bett. Die Morgensonne lugte durch den Gardinenspalt und schien ihm voll in die Fresse. Er kniff die Augen zusammen. Dass er einen Kater haben würde, nach dieser Nacht im "Kalbshirn", war ihm völlig neu. Dass er Chancen bei Frauen hatte, das war ihm alt. Er zog seine Bettdecke über den Kopf.

Draußen vor seiner Tür kauerte ein Schwan. Der Milchmann schwenkte seine Kannen, die wie ein Windspiel klangen. Am Bahnhof zog eine schwere Brise auf. Busse rauschten durch die Straßen. Die Kissenfabrik schloss ihre Tore. Die Schwermütigkeit von Mittagessen lag in der Luft. Daugorsch jr. war schlecht. Wie von einer Fliege gestochen sprang er auf und rannte auf Klo. Das Klo war abgeschlossen. Dem Junior kam fast alles hoch. Er spie gegen die von ihm dusseligerweise abgeschlossene Klotür, doch es kam nichts raus. Glück gehabt ! Er würgte noch ein paar Mal liebevoll, glückseligte die von ihm verschonte Tür und sah zu, dass er schnell ins warme weiche Bettchen huschen konnte. Von letzter Nacht wollte er nun nichts mehr wissen.

Nun aber war er wach und sein Kater breitete sich in seinem Kopf aus. Schwer benommen setzte er seine Füße vor's Bett auf den Eichenfußboden. Sein schwerer Kopf zog ihn wieder ins Bett. Da war es wieder, dieses Gefühl. So warm und weich dieses Bett auch war, so erdrückend fühlte er sich. Sollte er noch liegen bleiben und warten, dass die Sonne untergehen würde ? Aber da schellte das Telefon mit der Melodie "In meiner kleinen Kneipe". Fort war sie, die Freiheit. Sein Kopf war jetzt so schwer, so schwer wie ein Stein. Er hieb auf das Gerät ein, und das Telefon zerstaubte wie ein Sandtelefon. Dann drehte er sich auf den Rücken und blieb so regungslos liegen. Ja, das war gut. Ja, das war in Ordnung. Nicht zu viel Schwindelgefühl, nicht zu groß der Kater. Ganz gut. Wann und wie es geschah, wusste er nicht, und wollte es auch nicht wissen.

Daug merkte plötzlich, dass sich im Raum etwas bewegte, veränderte. Er öffnete die schweren Lider über den weichdotterigen Augen. Eine Gestalt formte sich vor seinem Bett.

„Ich bin gekommen. Nun bin ich hier !", sagte der Angler. Junior fragte sich, was der Mann mit den glänzenden Gummistiefelattrappen am Revers hier zu suchen hätte.

„Was haben Sie hier zu suchen ?", empörte er sich.

„Ich bin der Countrysänger Joe", log der Angler.

„Einen Bourbon ?", fragte Daugorsch.

„On the rocks", war die Antwort. Der tapfere Daugi stand mit zittrigen Beinen auf und ging zur Hausbar. Mit zwei Drinks kam er zurück. Einen trank er, den anderen goss der Fremde sich ins Gestüt.

Junior sank wieder auf das Bett, dessen Ratenzahlung er noch nicht völlig vergessen hatte, war aber dennoch damit ziemlich im Rückstand. Und dies vor dem Hintergrunde seines Vaters reichlicher Hinterlassenschaft, welche ihm von notarieller Seite bereits avisiert, jedoch noch nicht zur freien Verfügung stand, da die näheren Todesumstände, welche zum überraschenden Ableben seines Vaters führten, behördlicherseits noch keiner abschließenden Beurteilung unterzogen werden konnten, aufgrund ermittlungstechnischer Schwierigkeiten in bezug auf das Verglühen des Vaters, mithin des Nichtvorhandenseins seines Leichnams und die offen zur Schau gestellte Teilnahmslosigkeit naher Verwandter.

„Was führt Sie her, Countrysänger Joe ?", fragte Daugorsch, der saloppe Salonschrat, der am Rande des

Existenzmaximums lebte. Das willkürliche Auftauchen eines Joes in seiner Wohnung brachte ihn an die Schamhaargrenze seiner Glaubensbereitschaft.

„Daugorsch, Sohn des Daugorsch, wisse nun, dass ich gekommen bin, um deine Gefolgschaft einzufordern."

„Ey ?"

„Du wurdest gezeugt, geboren und aufgezogen, um mir zu dienen. Als mein Knecht sollst du hinfort dein kleines Licht unter meine Stiefel stellen."

„Echt ?" Junior robbte auf dem Bauch über das Bett und spähte auf die Fußmode des Pseudocountryjoes hinab. Krokoleder ! „Cool !", konnte er gerade noch hauchen, dann kam es ihm wirklich hoch. Er brach seinen Mageninhalt mit kochendem Geräuscheschwall auf die geputzten Stiefelchen.

„Du weißt wohl nicht, mit wem du es zu tun hast !", sagte der Angler. Daugi schüttelte den Kopf und eine zweite Ladung flog auf die Krokos. Der Mann in der Mitte des Raumes seufzte und dachte an früher. Mit den Füßen fest im Erbrochenen stehend, erinnerte er sich an die alten Zeiten...

1741

Die Abenddämmerung war nur noch ein schmaler Strich am Horizont. Wind kam von Nordwesten auf und brachte den salzigen Geruch von Papayasoße und Achtminutenreis mit. Der Kapitän des Viermasters nickte zufrieden, studierte noch einmal die Karte und blickte dann auf. Sein Gegenüber verriet durch keine Gesichtsregung, was er dachte oder erwartete.

Der Mann war in den nebelvollgestopften Gassen der Hafenstädte unter dem Namen "Moselpope" bekannt. Ob es sich hierbei um einen Spitznamen, seine bürokratische Tätigkeitsbeschreibung oder um die Bezeichnung seines süßen Hinterns handelte, war unklar. Kapitän Fontanello hatte schon in seiner stürmischen Jugendzeit von einem Mann dieses Namens gehört, aber es konnte sich dabei sicher nicht um ein und denselben handeln.

„Wollen Sie mal meinen Goldfisch sehen ?", fragte der in dunkles Leder gekleidete Moselmatz.

„Kommen Sie mir jetzt nicht mit solchen Sachen !", säuselte der Angesprochene und stemmte seine sechs Tanten in die Höhe.

Kühler Wind frischte von Nord-Nord-Ost-Ost auf. Regenwolken zogen ihre Bahnen. Der Kapitän gab unverständliche Befehle. Der vertrocknete Schiffszimmermann rutschte von einer Seite des Deckes auf die andere und aus der Kombüse erklang der fröhliche Gesang der Steuerwacht. Angeregt von dem melodiösen Gezwitscher seiner Männer, begann Kapitän Fontanello zu träumen. Seine Gedanken kehrten zurück in die Vergangenheit:


### 1698

Als junger Smutje gerade heimgekehrt von seiner ersten Fahrt, die ihn durch die tückischen Gewässer Norwegens und West-Schottlands führte, schloss er seine alte Mutter herzlich in die Arme, die dem lieben Gott dankte, ihren einzigen Sohn wohlbehalten in die heimatlichen Gestade zurückgeführt zu haben.

„Oh, Junge !"

„Ach, Mutter !"

„Land in Sicht, Land in Sicht !" Die Steuerwacht stürmte den Aufgang nach oben an die Reling. „England, das ist England, wir sind zu Hause ! "


### 1741

Aufgeschreckt durch den plötzlichen Lärm, riss es Kapitän Fontanello aus seinen Träumen. Langsam wurde die Küste spähbar. Das Schiff lief in den Hafen von Portsmouth ein und von Land hämmerte es herüber. In der kühlen Morgenluft schwankte ein Galgen.

„So, jetzt muss ich aber auf Klo", sagte Fontanello und ein seltsamer Geruch stieg ihm in die Nase und ließ ihn innehalten. Langsam sah er sich um, bis sein Blick zu seinen Stiefeln hinab wanderte. Darüber hinaus gewahrte er den Brei, der seine Krokostiefel bedeckte.

Die Mittagssonne brannte in Daugorsch juniors Schlafzimmer und erwärmte sein Erbrochenes, und es war wohl dieses Gemisch aus dampfendem Halbverdauten und Krokodilleder, welches bei Countrysänger Joe jene nasale Irritation auslöste und ihn in die Gegenwart katapultierte.

„So, jetzt muss ich aber wirklich auf Klo", sagte Daugi wie zur Entschuldigung.

„Worauf wartest du ?", erforderte die Gestalt vor seinem Bett Auskunft.

„Die Tür ist zu !", stellte Daugorsch fest. (Luise Fladd, seine Haushälterin, hatte, wider ihrer überzeugten Haltung allerdings, das Schlüsselloch gereinigt und später festgestellt, dass sie preisgünstiges Beefsteak in der Bartverengung zurückgelassen hatte).

„So etwas wie verschlossene Türen gibt es für dich nicht mehr", verkündete der Angler und blickte sich um, die Tür stand offen.

„Yeah", saugte Daugorsch jr. aus seinem hebriden Wortschatz, schlüpfte in seine fellbesäumten Damenschuhe und stöckelte auf sein Ziel zu. „Oh,...oh, jetzt hab' ich's aber nötig. Oh, Weg frei..."

Steffi tanzte lachend über die Straße, mit einem Regenschirm aus Seide in der Hand. Dieser war ja auch in den vereinigten Münsterländern für einen Hungerlohn von sozial gutgestellten Seidenschirmfaltern aus ihrer Produktionsstätte entnommen worden. Ein Zeichen von höchster Qualitätsgüte war der TEAKHOLZGRIFF, den man auf den Philippinen, in kleinen traditionellen Handwerksbetrieben, anfertigen ließ. Das Holzmaterial kam aus Malaysia. Die Importbeschränkungen, die noch von der Regierung Sidhuk-Mim erlassen worden waren, hatte man im Zuge der Reformen gelockert.

Steffi zog ihren Rock zurecht und steckte sich einen Zigarillo an. Im Warenhaus der Möglichkeiten gab es die verschiedensten Figurationen und Konfigurationen, die ihr abwägender Verstand ihr nahelegte. Warum sie sich dennoch auf die Lebensweise eingeschaukelt hatte, die sie nun pflegte und nicht auf ein anderes Habitat, eine abgesicherte, großbürgerliche Existenz oder so, wer vermochte das zu sagen. Inzest hatte auch seine Vorteile.

Am Victor-Fümmel-y-Aragon-Platz stand Marika, ganz uhrzeitgerecht. Steffi, die sie zu treffen erhoffte und doch erst Stunden später erschien, betrat den Marktplatz und winkte Marika zu, die bereits am Brunnen wartete. Ein wenig neidisch darauf, wie gut die andere Frau aussah, trat sie näher. Marika trug einen leichten Sommerrock, rot mit weißen Tupfen, und eine helle Bluse. Ihr Gespräch kam sofort auf den Atomwaffensperrvertrag. Dann wurde ihr Dialog privater.

Marika sah sich um, erschrak aber nicht, als der Regen einsetzte. Ihre Fönfrisur wurde durch einige Windböen in ihr Gesicht geweht, wodurch ihre rötlichen Wangenknochen sich deutlich von ihren roten Lippen unterschieden. Marika war es sehr peinlich, so vor Steffi dazustehen. Steffi aber bemerkte nur, dass sie ihre Tage hatte und auch schon seit Tagen nichts von Steffig gehört hatte. Marika sah sich gezwungen, Steffi zum Tee einladen zu müssen, sagte aber nichts zu ihr. Erst als der Regen stärker wurde, nahm sich Marika ein Weingummi aus ihrer Handtasche. Dieses steckte sie sich in das Ohr, als mentalen Ausgleich dem rechten Fuß gegenüber, den sie nach philippinischer Tradition links liegen ließ. Sie mochte halt ihren sexy rosa Linksfuß, der so niedlich war, lieber. Aus dem Bauch heraus, eben.

„Das ist aber ein hübscher Pin", sagte sie zu Steffi, die einen Glimmeranstecker am schwellenden Busen trug. Das Zierstück war dreieckig, mit silbernem Rahmen. In der Mitte war ein Symbol zu sehen, das Marika noch nie gesehen hatte. Daraufhin angesprochen, erwiderte Steffi nur, dass es der Mitglieds-Pin der "Fröhlichen Menschen e.V." war, denen sie angehörte.

„In Karl-Marx-Stadt sind die ersten sozialistischen Technotage der zukunftslosen Jugend", lachte sie. „Warum habe ich dich dort noch nie gesehen, meine beste Marika ? Warum schwenkst du nicht die Fahne der kämpfenden Klasse ? Oder Kris ? Warum marschiert ihr nicht auf den Paraden des Proletariats, ihr zwei ? Sympathisierst du etwa nicht mit der großen Bewegung der Arbeiter, Bauern und Frisöre, die uns einen sozialistischen Haarschnitt geben, und Brot ? Ich habe es zum Beispiel nie bereut, FDJ-Jugendgruppen-Unterführerin geworden zu sein. Die Feriencamps sind ein Rausch grammatikalischer Gesetzmäßigkeiten und ein Hort der Erziehung. Du solltest in dich gehen, Schwester der Nacht, Käuzchen, Gazelle, Nebelwand...äh, wo war ich ?"

Steffis Gesichtsausdruck war so leer wie eine katalytische, katatonische Amphore, so erschien es der Marika.

„Du vergisst", sagte sie, „dass ich unpolitisch bin." Darauf wusste Steffi nun nichts mehr zu erwidern. Ihr Gesichtsausdruck wechselte von gemischt katalytisch/katatonisch ins rein Katatonisch/Preußische, mit Hang ins Mixolydische. Marika setzte noch einen drauf, da sie Steffi nicht sonderlich mochte: „Ich bin so unpolitisch, dass ich noch nicht einmal weiß, dass Karl Marx in Wirklichkeit ein lebender Satiriker ist, der einmal im Leben in der Wojwodina war, um sozialistische Weisheiten mit dem Löffel zu essen." Steffis Gesichtszüge änderten sich daraufhin noch stärker ins Preußisch/Badische, so dass sie langsam ihr wahres faschistisches Gesicht zeigte und den Arm zum Gruß erhob. Das war ihr Gruß !

„Soziale Freiheit für sozialistisch/liberale Oppositionelle, nicht ökonomisch Verfolgte aller Republiken und Reichstage !", rief Steffi mit einer Verachtung der badisch/bayerischen Grenzoffensive in die Seelen der umstehenden Passanten.

„Ich bin so unpolitisch", jaulte Marika.

„Macht ist nur ein Mord am Kapitalismus. Aber die Arbeiterklasse wird einen Sieg davontragen. Die Arbeiterklasse wird siegen, ohne dem Proletariat einen Sieg zu schenken", fuhr Steffi unbeirrt fort.

„Gehen wir morgen auf den Jagdsaisonabschlussball ins JVC ?", fragte Marika ängstlich.

„Ja, nur !", bellte Steffi.

Sie küsste Marika, saugend, wobei sich ihre rechte Hand auf die verwaiste Brust ihrer Gesprächspartnerin verirrte. Die weiche, blusenglatte Fülle, die sich ihrer Hand präsentierte, erinnerte sie an das Märchen von Kalif Stirch. Eine globale Weltsicht ersetzte den privatistischen Großgrundbesitzertraum. Als Steffis Hand tiefer glitt, erinnerte sich Marika an den letzten Campingausflug, den sie und Kris gemeinsam mit Steffi und Steffig an der Masurischen Seenplatte verbracht hatten, wo Steffi sich im Zelt an Marika herankuschelte, als die Männer draußen VERSUCHTEN, zu angeln. Sie maß Steffis Verhalten damals keine größere Bedeutung bei, obwohl ihr Seidenhöschen immer bis zu den Kniekehlen hinuntergerutscht war, als sie vom Mittagsschlaf erwachte.

Marika entwand sich Steffis Umarmung mit einem "doppelten Turlup", landete neben dem Obststand und stammelte etwas verlegen:

„I...I...Ich komme gern zum Jägerball, Steffi, aber ich muss jetzt gehen." Steffi wollte noch etwas erwidern, aber Marika war bereits zwischen den über den Markt drängenden Menschen verschwunden.

Kris zog den Kragen hoch. Ziellos schlurfte er durch den Park. Bäume bogen sich im Wind, Regen peitschte über die Grünflächen. Er dachte an Piranhas, an das Rudel Wölfe im Bezirksamt. Ja, die Ikonen der Plastizität. Geriebener Speck. Eine etwaige Vorbestellung dieser Markenprodukte war bei der Lieferzeit von bis zu 6 Wochen unerlässlich. Aber brauchte er all das überhaupt? Brauchte er, also sein innerer Kris, der mit dem Oberflächenmenschen, den er im täglichen Leben zur Schau stellte, kaum etwas getrunken hätte, diese Artikel wirklich so dringend? Brauchte er nicht viel eher die Nähe und Bestätigung einer intakten Beziehung, insbesondere einer zu Marika, seiner heißgeliebten, hochbegabten Marika? Es kam ihm so vor, als erleide er einen Hörsturz. Aber in Wahrheit war es eher die konzeptionelle Schwäche eines Eifersüchtigen.

Kris war so erzürnt über die Gleichgültigkeit Marikas ihm gegenüber, dass er beschloss, von der Brücke zu springen. Kris sprach zu sich:

„Jetzt find' erst mal eine Brücke. Ist doch Schneeschmelze heut'. Da gibt es doch nirgends Wasser. Dann warte ich halt bis morgen." So beschloss er, noch einen Tag zu warten und schwankte hinüber zum Softeis-Stand und bestellte:

„Einen Sparwasser-Flip, bitte."

„Macht Zwo Mark Fuffzich."

„Hier, bitte."

„Macht Zwo Mark Fuffzich."

„Aber ich habe Ihnen doch gerade das Geld gegeben."

„Ich mein's ja nur gut mit Ihnen. Übrigens, ich habe hier einige sehr interessante Autogrammkarten." Der Eisverkäufer kramte in seinem Brustbeutel. „Hier, Rudi Kargus, mit Original-Unterschrift, oder diese von den

’DOORS’. Wir bauen gerade, und die ’Rudi-Kargus’ könnte ich Ihnen für 10 Meter Jägerzaun überlassen, wie wär’s?“
„Ich überleg‘s mir.“
Dann ging er wieder in den Park zurück und vertiefte sich ganz in den Anblick von sublimierten Gelüsten. Eine Kris-Backmehlmischung wäre ihm zu diesem Zeitpunkt nicht ins Stammhirn gedrungen. Dafür löste die Zurschaustellung von ungepunkteten Sommerkleidern zu dieser Jahreszeit ein tiefsitzendes Schädeltrauma aus, das sich jedoch in Nord-West-Richtung entfernte. Gallionsfiguren der französischen Revolution winkten ihm von einer zerknitterten Illustrierten eifrig zu, und Kris grüßte höflich zurück in Richtung Abfalleimer.
“Leipziger Allerlei“: Das war der Schlüssel zu allem. Die Umschichtung dieses beliebten Mittagstisches in den Grenzen der Ostblockstaaten hatte sich als das gefürchtete Ziel der Konspiration zwischen Schluggi und dem alten Girlanda erwiesen. Kris lachte freudlos auf. Wenn er so zurückdachte an die sorgenlose Zeit, bevor die sogenannten “Fröhlichen Menschen e.V.“ an ihn herangetreten waren. Er war jung gewesen, ahnungslos und die Zukunft stand ihm offen, wie seine Hose. Dann hatten sie ihn in die engere Wahl genommen und einen ersten Versuch unternommen, ihm sein Gebiss mit Salpeter zu reinigen, aber sie hatten es nicht rausbekommen. „Welch ein Glück“, hatte er damals gedacht. Aber heute dachte er nur an diese Zeit, wenn er Leipziger Allerlei sah. „Igitt, diese grüngelbe Verpackung“, dachte Kris. Ihm kam in den letzten Monaten schon öfter der Gedanke, die Aufzeichnungen, die er in einem sicheren Bankschließfach verwahrt hatte, an die Presse zu senden. Sicher? Vor fröhlichen Menschen war nichts sicher!
Er stand auf seinen Schuhen und phantasierte sich überlegen. Dann ging er, ohne das leise Klicken zu hören,

das aus der Packung Leipziger A. erklang, in der eine winzige Kamera versteckt war. Diese Kamera aus Jena war eigentlich weltweit bekannt, aber Kris konnte nach seinem Hörsturz nur noch Töne der oberen Tiefen wahrnehmen. Er nahm es gelassen hin, konnte er doch jetzt endlich mal Motorrad fahren, ohne das meiste hören zu müssen. Jetzt mussten ihn die anderen hören. Also warf er sich in seine Lederkluft und zog seine Maschine aus dem Keller. Nach all den Jahren der Dürre war sie ganz rot geworden. Jetzt, wo der Himmel auch mal wolkenfreie Zonen zeigte, war seine Zeit gekommen. Nachdem er einen passenden Schlüssel gefunden hatte, beschloss Kris, nach Leipzig zu fahren. Phallisches Röhren hallte durch den schönen Nachmittag, als er den Gasgriff drehte. Seine Lederboots kickten den Ständer weg und die Maschine reihte sich in die leere Straße ein.

*Route 666 nach Leipzig über Dresden.*
*Seine lederhäutige Motortracht flabberte im Wind.*
*Der Dröhnotakter stimmtiefte lokal.*
*Mit Wind in den Zähnen, heizte er über Land.*
*Die Wolken sangen ein Lied.*
*Epileptische Drachen zogen Schnüre durch Jungenhände und der Winterherbst war weit, weit, weit und noch nicht nah.*
*Route 666 nach Leipzig über Dresden.*
*Ein Igel spritzte unter dem 300-Umdrehungen-Druck pro Sekunde der Waidreifen auseinander und ging nicht mehr zu. Damenherren am Rand der Strecke waren vorbei, noch bevor sie vorüber waren.*
*Zitternd erbebte sein Becken auf dem Tank.*
*Route 666 nach Leipzig über Dresden.*
*Kris lachte in die Strecke hinein. Dresden würde wieder brennen.*

Route 666 nach Leipzig über Dresden.
Noch 60 Meilen, ein Reh schreit.
Aber Kris ist schneller, viel schneller.
Dem Baum zieht es die Luft weg.
Jetzt in den achten Gang.
Ein Hase fliegt blutüberströmt über die Straße.
Route 666 nach Leipzig über Dresden.
Noch 40 Meilen, ein Reh weint. Aber Kris kennt kein Erbarmen. Seine Reifen geißeln das Wild. Sein Atem schreit nach Odol.
In Leipzig erwartet, bald da.
Route 666...
nach Leipzig...
über Dresden...
fährt Kris.

Nach dieser Nacht wollte Steffig eigentlich niemanden sehen, aber auf dem Weg zur "Morgenzeiteung" (erscheint alle zwei Tage) traf er seinen Kumpel Fiffi. Fiffi hatte 30 Jahre in Peru gelebt, war aber doch schlicht geblieben. „Hallo, Steffig. Na, heute schon einen Vogel gezeigt ?" „Nein, ich trinke keinen Gin mehr", sprach Steffig. Fiffi an den Haaren ziehend sagte er gerührt: „Morgen treffe ich Steffi, so gegen neun."

Die alte, hexenkesselbrodelnde Eifersucht, diese grüne, gelbe Lava, der er seit so langer Zeit frönte, kochte in Steffig hoch. Er packte den abgebrochenen Zehennagel, den er in der rechten Hand hielt, fester und trieb ihn mit dem Absatz seiner Pumps in Fiffis Fleisch. Es trat nicht genug Blut aus der Wangenwunde, darum setzte der wehrhafte Schwesternlover zum Teil von der Genfer Konvention verurteilte Mittel der Kriegsführung ein.

Die südamerikanischen Jahre hatten Fiffi sehr verändert. Das Stigma des Klassenprimus und Schleimers, welches ihm jahreüber angehaftet hatte, war verschwunden. Er wirkte gebrochen, zerrüttet. Die Tätigkeit als Waffenhändler hatte er nach seiner Scheidung aufgegeben.

Als Fiffi ihn so träge anblickte, während der rote Lebenssaft aus ihm herauslief, bekam Steffig eine Gänsehaut nach der anderen. Solch eine Begrüßung hatte Fiffi nicht erwartet, war Steffig doch der gute alte Kumpel geblieben.

„Ha, Ha...solange, habe ich mich auf dich gefreut, ha, ha." Fiffis Lachen war so ansteckend, dass es von dem Haus gegenüber abprallte. Er war wie ein heulender Wolf, dem man die Gräten ge...Schneller als der vorige Satz, erwiderte er die unbegründete Aggression des Kommilitonen und versetzte ihm einen Tritt an das Ohr. Steffigs Lauschlappen klingelte vitiuoso: Längelängelängeling... Er versenkte seine Faust in Fiffis Mund. Sinnlich knackten dessen Zähne ab, flogen im kleinen Bogen, brammsten sich bremsstaubsprühend, bluttropfengerecht heraus. Sein heullachendes, gebetsmühlenartiges, kläffendes, schmiedeeisernes, polyphones Rumoren verhallte in der grünen Heide seiner amorphen, hohlwangigen Zahnprothese. Ein feistes, sattes, bourgeoises Gesicht, dabei flüchtig, haltlos. Sollte dies sein alter Sandkastengefährte Steffig sein ?

Er erinnerte sich an eine Krisensituation in der Ararat-Wüste, in der ihm sein schönes, weißes Zebra entlief. Er quiekte. Der Sandkuchen von Gizeh. Die Cheops-Backmischung. Womit hatten sie sich in ihren Jugend-jahren bloß beschäftigt ? Wer verstand die Rezepte ?

„Steffig geht jetzt. Muss nun gehen können dürfen sollen müssen lassen haben brauchen rachen lachen", entschuldigte sich Steffig. Das ging nochmal gut. Er atmete tief die stickmonoxydgetränkte Kreisstadtluft in seine Lungenbläschen. So lief das in Karl-Marx-Stadt. In diesem grauen Regen lief sowieso nicht viel.

Steffig besann sich auf allgemeine Dinge. Noch einige Stunden, dann würde auch Steffi den Fiffi aus Peru treffen. Dann würden auch die erotischen Peinlichkeiten zwischen Steffi und Fiffi wieder zunehmen. Damals, ja das würde Steffig wohl nie vergessen, wie diese Zwei zusammen...na ja, ist ja auch egal.

Trübsinnig starrte er durch das regennasse Fenster einer Konditorei. Die Schwarzes-Samthemdchen-Bedienung, deren Ballons sich unter dem glänzenden Stoff aneinander rieben, nahm er nicht wahr. Der Leser schon. Sie blickte auf, dann schlug sie interesselos die Augen nieder. Der Leser war nicht ihr Typ. Sie servierte Mohnstreusel und sich damit aus der Erzählung.

Ein dröhnendes Motorrad raste hinter Steffig die Straße hinab. Kurz spiegelte sich der heizende Kris in der Brillantine der Frisur des abwesend Blickenden. Dann verschwand er auf seiner Maschine hinter den zweistöckigen Altstadthäusern.

Steffig trieb es nun an den existenzunberechtigten Geschäften der Ladenpassage vorbei. Die Wolken über dem Marktplatz nahmen die Form von ausgesprochen reifen Ananaskürbissen an, die ein bisschen an Steffis Hüften erinnerten. Steffig, am Kiosk angekommen, nahm sich die "Morgenzeiteung" mit einem frechen Grinsen aus der Schublade, zahlte und verschwand im Pissoir am Straßenrand. (Die "Morgenzeiteung" ist zwar nur der städtische Theaterplan, aber mit seinen frivolen Bildchen doch eher was für Ausgeschlafene. Sie ist auch keine Zeitung, sondern nur, und vor allem, eine Illustrierte. Deswegen auch die Schreibweise, die mit "Zeitung" nicht in einen Topf geworfen werden darf.)

Hohlkichernd studierte er das Blatt, unterdessen auf die Tram wartend. Mit einem Ruck war die Bahn da und er stieg zu. Oder ein. Jedenfalls war er erstmal drin. Und dann fuhr sie an und er mit, bis zur Ecke Balthasar-Peitschtdenpapst-Nodtzky. Dort stieg er aus und lief das kleine Stück bis nach Hause.

Tante Emaille war gerade dabei, in der Küche ihre Wikingerhelme zu desinfizieren. Ein Schwertransporter ließ die Tupperware in den Regalen erzittern.

„Hallo, ich bin wieder zuhause !", rief Steffig.

„Was hast'n getrieben, Bübbele ?", erkundigte sich die Sachverwalterin des Familienverstandes. Für die nächste Generation war, inzesttechnisch gesehen, sowieso ein IQ-Abbau vorhersehbar.

„Hab 'nen alten Kameraden getroffen und ihm die Fresse blutig poliert. Extrapoliert."

„Das ist ja schön, Steffigschätzchen", sagte sie und versuchte, ein Stück Wikinger mit der Bürste von dem Helm zu schaben. Das Spülwasser quiekte und in den Rohren der Altbauwohnung bollerte es. Aber Emaille, die sich die Bluse ausgezogen hatte, da diese nicht nass werden sollte, und nun im BH in der Küche stand, maß dem keine Bedeutung bei. Es hatte auch keine.

„Ich werde nie verstehen, was Wikingerhelme so interessant macht", meinte Steffig. Seine Tante trocknete sich die Hände an der Schürze ab und reichte ihm das Buch, das neben der Spüle lag. "WAS WIKINGERHELME SO INTERESSANT MACHT" lautete der schlichte Titel des Sachbuches. Steffig setzte sich in das Wohnzimmer, schlug das Buch auf und las:

"Seite 1. Mid een Vørwørt vån de geachte Stig Ole Erikson, Eerster vån de Wikingeren. Geskriveret in der Woch vør Thorsdag.

Tråt een Wikingeren o Wikingerin vør Hutt, dån se nahm se ock se Helmet med. Den e Wikingeren o Wikingerin is one se Helmet nix. Ock wen et von der Himmel wasseren, den so en Helmet magt verhinderen, dat se haarigen Køff bewasseret werdet. Onse Staam sint staake Månnes, taff geis, ons lebet in Fjordet med grote Stin echt hø, wo kan mer raufkraxeln un in kålde Jårezeit Ski fåhrn. Ock vør de Kinderen so een Helmet is fein sach, wen se sidden in Påpås Helmet un slittern over Fjordet, wen Wasseren hard. Nur vør musset de Hørners nå øbe dree."

„Ah, verstehe !", sagte er und klappte das Buch mit der Zunge zu.

„Ich hab' uns erstmal schön Kaffee gekocht", stellte die gute Emaille fest, als sie, ein Tablett mit Kanne, Tassen und Keksdose vor dem BH tragend, das Zimmer betrat. Sie stellte es auf dem Kaffeetisch ab und setzte sich zu ihm. „Trotzdem..., warum Welmikerhilme, ...äh, du weißt, was ich meine." Mehr aus Neugier, als aus wirklichem Interesse, heftete sich sein Blick an ihren mageren Oberkörper. „Warum sammelst du nicht, zum Beispiel, Figuren aus Überraschungseiern ?"

„Elementare Grundbedürfnisse psychologischer Couleur", seufzte sie, wohlwissend, wie dies in anderer Leute Ohren klingen mochte. „Ich glaube nämlich, dass der reinkarnierte Geist sich automatisch den Dingen zuwendet, die ihn in einem früheren Leben begleitet haben. Und ein Stück unserer früheren Existenzen, ein winziger Teil der Essenz der Person, bleibt an den materiellen Erinnerungen hängen. Und das gibt mir auf einer ganz untergründigen Ebene...", sie fasste zwischen ihre Beine, „...ein Gefühl der Sicherheit. So weiß ich, dass es kein Vergehen gibt."

„Ah", er biss in ein Sandgebäck.

„Was das Diesseits betrifft", hauchte sie und entnahm der Mitte ihres mit Blumenapplikationen verzierten Büstenhalters eine kleine emaillierte Dose und ein Silberröhrchen mit kunstvoller Cherubim-Gravur, „so muss ich aus volkswirtschaftlicher Sicht darauf bestehen, dass Lodenmäntel oder doppelt-gesteppte Thermojacken jetzt günstiger werden. Es ist Sache des Staates, die Produktivkräfte so zu kanalisieren, dass sie nutzbringend zum Wohle aller eingesetzt werden können." Sie zog sich zwei lange Linien weißen Staubes in ihre Nüstern. „Die staatstragenden Organe leisten hierbei vorbildliche Arbeit. So stiegen die Ernteerträge der LPG's im letzten Jahr um 3,2 % und in der textilverarbeitenden Industrie führten zukunftsweisende Investitionen zu einer Ausweitung der Ausfuhren in unsere sozialistischen Bruderländer."

Der ein wenig aufdringliche Duft ihres Parfüms ("Müßige Seinsverrückung" von Jacques Noëlmoffler) schlängelte sich in Steffigs Riechorgan. Neben der durch die strengen Exerzitien der Kader-Schule gestählten Tante, kam er sich wie ein Klassenfeind vor.

„Außerdem findet man die interessantesten Dinge in so einem Wikingerhelm“, schloss Emaille. Sie nahm ihre kleine Beuteltasche zur Hand und kramte in ihr herum. „Wo hab‘ ich es denn nur ? Wo kann es denn nur sein ?“ Sie wühlte einen Haufen Telexpapiere mit Meldungen der “Itar-Tass“ heraus und fand schließlich den gesuchten Zettel:

ᛞᛋᚱ  ᚠᛜᛚᛋᚱ  ᚻᚠᛏ  ᛞᛋᛉ

ᛋᛚᚢᚷᚷᛁ  ᚷᛋᛏᛟᛋᛏᛋᛏ

ᛞ

stand auf dem kleinen, gefalteten Pergamentstück. Steffig sah es mit hohlem Blick an.

„Weißt du, ich hab’ mir gerade überlegt…“, nuschelte er, „wie schnell so ein Gepard auf freier Strecke wohl wirklich ist.“

„Bis zu 110 Stundenkilometer“, sagte seine Tante, trug das Tablett raus und nahm ihre Helmschrubbtätigkeit wieder auf.

„Verdammt schnell, so ein Vieh“, dachte Steffig laut. „Alle Achtung.“

Es klopfte. „Das wird Steffi sein“, überlegte er, hob seinen Wasserbauch aus dem Sessel hoch und öffnete die Tür. Fiffi stand draußen. Blut lief ihm über das verzerrte Gesicht, das hassmaskierte Gesicht.

„Steffig ! Du Schwein !“, rief er und versetzte ihm einen harten Schlag in das Gesicht. „Wo sind die Waffen versteckt ? Wo hast du sie gelassen, Verräter ?“ Er packte den verblüfften, konfusen Steffig, hob ihn hoch, lief zum Balkon und warf seine Last in den Hof hinab.

Claere schaute erstaunt auf die Uhr am Pizza-Drive. Sie nahm die Stunde gelassen hin, aber als sie die Minuten erkannte (war sie doch seit ihrem fünften Lebensjahr schwersichtig), erschrak sie und schrie den Fahrer so an, dass auch er sich erschrak und mit einem dumpfen Schrei von der Kiste fiel, auf die er sich wegen der schreienden Diskrepanz zwischen sich, also seiner Sitzfläche, und dem Echtsitz gefletzt hatte. Das waren eben so die kleinen Tricks beim Meistern des Verkehrs. Der Wagen rollte rückwärts vom PD-Gelände, die Scheinwerfer flammten auf und der Chauffeur schaltete in den Vorwärtsgang.

„Womöglich wollen sie noch bei ihrer Ratte reinschauen", spottete die junge Frau. Der Chauffeur sah sich um sich herum um, um sich einen Überblick zu verschaffen über das Geschehen im Fond.

„In wenig Minut wir da bei Zieladress, Misse."

„Ja ja...", entgegnete Claere genervt.

„Doch, Misse, bald bald. Schnell da, jetzt gleich da bei Chef...".

„Ach, fick dich doch ins Knie...".

In der Nähe des Airports lag ein altes Herrenhaus auf der Seite. Ungefähr 13 Meter davon entfernt, reckten sich die rinderkopfförmigen Halbkreise der Gitterspitzen in den abendroten Himmel.

Die Schultern des Fahrers zuckten. Offenbar eine neuroerotische Reaktion auf Claeres Weiblichkeit. In ihm sah sie die Männlichkeit eines koreanischen Einwanderers, war sie doch irgendwie scharf auf ihn. Ohne es zugeben zu wollen, zog sie an ihren Waden die Strümpfe glatt. Der Fahrer schaute in seinen Spiegel, um Claere zu beobachten.

„Na, Misse, wollen se noch'n Glas Champagner ?" Wie lange hatte Claere auf diese Worte gewartet, würde sie doch alles dafür geben, ihm die Seife füllen zu dürfen.

Ein dunkelgrüner Pontiac kam ihnen vom Gelände entgegen. Durch die getönten Scheiben ihres Parallelfahrzeuges konnte sie die irgendwie aufgeblasen wirkenden Gesichter pausgebackener Mittelständler sehen. Dann rollte die Limousine auf das Grundstück und das automatische Tor schloss sich hinter ihnen.

„Schon da." Claere sparte sich jeden Kommentar. Das Haupthaus war unterteilt in zwei etwa gleichgroße Hälften, die einander gegenüberlagen. Es erinnerte sie an Popoffs Popo. Das Dach wurde geziert von einer Art Gewächshaus, dessen grüne Glasfenster blau-grün schimmerten. Ein mechanischer Hausangestellter kam ihnen entgegen.

„Im Tal der Wünsche und Begierden treibend, in roter Hammerglut geschmolzen, im Seelengrunde bunter Reigen reibt Hals an Hals und Wunde sich an Wunde. Seien Sie unser Gast, Fräulein Pollzter." Er führte sie an der Hand in eines der gemütlich eingerichteten Nebenzimmer, linkerhand der dominierenden Treppe in der Empfangshalle.

Der mechanische Hausboy war bojenförmig. Sein gewölbter Unterkörper hatte eine Grundplatte von einem halben Meter Durchmesser. Spannfedern verbanden das tragende Teil mit den hirschgeweih-nachempfundenen Schulterstücken. Eine Art drehbarer Schlitten diente zur Aufhängung der vertikal arrangierten Kreuzgelenke. Eine Schwungmasse, die im Inneren, also dem Herzstück der Konstruktion, einen flexiblen Gleichgewichtsstabilisator ersetzte, schwamm in einer Turbine, deren Außenteil, dem Uhrzeigersinn entgegengesetzt, in Bewegung war.

„Dieses Haus hat das Seelenlose einer unruhigen Stunde. Es klopft in seinen Wänden, wenn in der Welt ein Schallwerk stampft, dem wohlgeordnet Ohren zu Berge stehen". Die Feinlackierung ließ in ihrer Qualität an den

Gelenken durch die bewegungsinherenten Verschleiß-
erscheinungen zu wünschen übrig.

„In diesen Hallen füsilieren zu dürfen, hat den in letzter
Zeit seines erwürdigen Charakters verloren gegangen
geglaubten Raum in ein neues Licht gesetzt", sprach
fröstelnd Claere. Der Fahrer fand aber, dass der einzige
Lichtblick Claere war. Wie sie auch da stand, in ihrem
weißen Kleid, und der rote Slip dadrunter. Der Fahrer
wurde ganz blass. Schon kam der Hausboy angewackelt
und wollte den Fahrer ins Medizische Zimmer tragen,
wovon dieses Haus ja mindestens fünf hatte.

„Geht schon, geht schon", winkte der Fahrer ab und
entfernte sich.

„Haben Sie auch eine Sauna hier ?", fragte Claere etwas
gelangweilt, während sie mit den Fingern über die
Buchrücken der Bibliothek fuhr.

„Sauna, Swimming-Pool, Whirl-Pool, Cocktail-Bar. Alles,
was Ihr Herz begehrt, meine junge Dame."

Claere drehte sich um. Der Angler musste sie schon eine
Weile beobachtet haben, als sie ihm den Rücken
zugewandt hatte. Er trug einen Hausmantel und sein Haar
war nach hinten gekämmt. Der mechanoide Lakai war
entschwunden. Sie waren allein.

„Scotch ?", fragte er.

„Orangensaft, handgepresst !", entgegnete sie. Er zog eine
Braue hoch und begann, fruchtiges Obst aufzuschneiden
und auszupressen. Claere verschränkte die Arme und sah
dem Angler zu.

„Ich habe ihren Onkel gut gekannt. Wir saßen beide im
Vorstandsrat der Kissenfabrikanten, wissen sie ?" Das
Fruchtmark spritzte auf die Theke.

„Wirklich ?", fragte sie ohne wahres Interesse zurück. Sie
glaubte, schon alle Geschichten über ihren Onkel gehört zu
haben.

„Ja, wir waren,…nun, nicht gerade befreundet, aber doch immerhin recht vertraut mit den Gedankengängen des anderen. Es wundert mich auch nicht, dass seine, sagen wir, unglückliche Begeisterung für vereiste Flächen sein Untergang war." Er goss das Gepresste in einen Schneckenkristallbecher und reichte ihn ihr. Sein seidener Hausmantel raschelte bei jeder Bewegung. Es klang wie Schlangenzischen, fand Claere.

„Danke !"

Der Hausherr wandte sich von ihr ab und schien seinen zwergfellbespannten Büchern und den Leisten aus Hamsterimitat seine ungeteilte Aufmerksamkeit zu schenken.

„Meines Wissens nach, sind Sie doch schon mit zwanzig aus dem Haus ihres Onkels herausgeflogen."

„Ja, wir hatten Streit", entgegnete Claere. Sie legte ihren Schal ab. „Kommen wir jetzt zum geschäftlichen Teil", meinte sie schamlos. „30 % für den Fahrer !"

„Die Fahrer kriegen in diesem Haus höchstens 8 % plus Spesen", grunzte der Angler.

„Nein, nein, so lasse ich mich nicht abspeisen ! 25 % plus Spesen und eine Badehose aus Hong Kong," schrie Claere den Angler an, „oder ich gehe und nehme den Fahrer, seine Frau und die Kacheln aus dem Bad mit !" Keiner von beiden bemerkte, dass sie aneinander vorbei redeten. Während der Hausherr sich in einen Tarifkampf verwickelt glaubte, versuchte Claere, die von Anfang an von falschen Voraussetzungen ausgegangen war, den Preis für ihre Darbietung hochzutreiben, glaubte sie doch immer noch, wegen einer privaten Peepshow vor dem versammelten Anglerclub, eingeladen zu sein.

„Absurd", bellte der Mann im Hausmantel, der seinem Personal eigentlich sehr generöse Löhne auszahlte.

„Aber es lohnt sich doch", schnurrte sie, auf dem Granit kauend, auf den sie bei ihm gebissen hatte. „Ich garantiere für ein Clubtreffen, das keiner so schnell vergessen wird." Sie lehnte sich geschmeidig gegen den Safari-Schreibtisch zurück und zog ihr Kleid aufreizend langsam hoch, bis ihr roter Slip blicklich ward. Einer der Stukkateure, der unter der Decke die noch nicht abgebundenen Fresken an ihrem Platz hielt, stieß einen kurzen Pfiff aus. Dem Angler schien die Kehle ein wenig trocken geworden zu sein.

„Orangensaft ?", fragte er.

„Scotch, handgepresst !", entgegnete sie. Er zog eine Braue hoch und begann, die Flasche aufzudrehen und einzugießen. Cleare ließ ihr Kleid wieder über die Beine fallen und verschränkte die Arme. Während sie dem Mann zusah, hatte sie das Gefühl, dies schon einmal erlebt zu haben.

„Dieser Mensch hat seine Noblesse wie ein geladenes Gewehr auf mich gerichtet", dachte Claere.

„Sehen Sie mal, meine schöne Unnahbare", sagte er, zog ein kleines Daumenkino aus der Tasche und ließ es vor ihren erstaunten Augen absurren... Ein schwarzer, viereckiger Klotz drehte sich einige Male um seine Achse und zerfiel schließlich in kleine schwarze, grüne und graue Kugeln.

„Nebulös, dieser Mann", dachte sie. „Abartige Neigungen scheinen noch zu seinen harmloseren Eigenschaften zu gehören. Es würde mich nicht wundern, wenn er Nerzfarmen im Ural hätte. Langsam werde ich dieses Satyrspiels überdrüssig. Nemesis, steh' mir bei !"

„Schau'n Sie mal", sagte er und fischte ein zweites Daumenkino aus seinem Anzug... Die kleinen Kugeln bewegten sich aufeinander zu und bildeten eine Spirale, die sich wand, sich schlängelte, tanzte...

150.000.000 km entfernt ging ein Zittern durch die Sonne. Kolossale Feuersäulen erhoben sich wie Grillpatzer aus ihrem Gasbett. Die Energie eines elfarmigen Furzes schoss geradewegs auf das All zu, das dem ganzen Treiben dieser aufgeblähten Sonne ein höhnisches Gebell zuwarf. Eine langweilige Feuerwalze wälzte sich in Richtung der inneren Planeten und begrub alle sich ihr in den Weg stellenden Raumschiffe unter einer Ladung heißem Feuer. Das war noch schlimmer als das Konzert der "Stones", die bei einer Benefiz-Gala in Frankfurt/Oder die 8-Giga-Watt-Anlage ein Tickchen zu weit aufdrehten und damit die halbe Stadt in Schutt und Asche legten. Durch die plötzliche Überlastung des Stromnetzes brach im Raume Leuna die Stromversorgung zusammen, so dass die Plaste- und Elaste-Produktion vorübergehend eingestellt werden musste. Die Wellen am Elbestrand schubberten ein wenig mehr und beruhigten sich schließlich wieder.

Claere stand vor einem dreiteiligen Altarbild.
„Dieses Triptychon an ihrer fichtenholzvertäfelten Wand kommt mir so vertraut vor. Eines mit ähnlichen Motiven habe ich irgendwo schon mal gesehen."
„Kleine Intelelle", dachte der Angler. „Yes, that is wohl schon möglich, maybe beim Urologen-Ball last year in Wanne-Eickel. Am I right, Schwester?" Er ging auf sie zu und sagte: „Ich will dich!" Er hatte gerade einen dreiwöchigen Flirt-Kurs besucht. „Ich will dich, meine holde Schönheit. Ich will Sex!", geiferte er lüstern. „Gefühlsecht, verstehst du?", gab er säuselnd zu verstehen. Sie wich ihm aus in Richtung Bar.
„Alter Bock. Fuck yourself. So eine Chuzpe." Ihr fiel das Sprichwort "Eine Schlange am Busen hegen..." ein. Offenbar war er mit seiner geistigen Ejakulation noch nicht fertig:

„Oder sehnen sich ihre Schläfen nach einer Kugel ? Kennen Sie das ballistische Verlangen der Schläfen ?"
Ihn kühl nichtbeachtend, nahm sie einen Schluck O-Saft.
„The woods are lovely, dark and deep", begann er, R.L. Frost zu zitieren, „but I have promises to keep...and miles to go, before I sleep...and miles to go, before I sleep. Der Schlaf ihrer Schläfen, Claere. Die Windungen und Verästelungen ihres Hirns, die Proteine..."
„Pathologisch, dieser Mann", zuckte es durch ihre Gedanken.
„Wollen wir 'Fische angeln' spielen, Honey ?", rief er.
„Nein !"
„'Defloration' ?"
„Nein !" Sie kratzte sich ihren imaginären Damenbart und argwöhnte ihn, das Hausherrle, in ein elastisches Netz der Wahrheiten.
„Mein Vaterbrüter, äh, Bruder, woher kennen Sie ihn eigentlich ?"
„Vom Welpen-Appreciation-Club 'Grobblüter'. Nein, ich lüge...", lachte er achtlos.
„Ich glaube, er lügt", gedachte sie sich.
Claere wanderte ein Stück im Raum herum. Vor einem gutausgestatteten Aquarium blieb sie stehen, sah in es hinein. Ein Fisch, grau-gelb, schwamm am Rand neben einer Alge und schaute sie an. DER FISCH STARRTE CLAERE AN. Leise gluckerte die Pumpe. Blasen stiegen beständig an die Oberfläche. Nervös wandte sie sich wieder ab.
„Ihr Onkel war Kosmonaut", erklärte der Hausherr, „ich kannte ihn aus dem Ausbildungsprogramm." Sie nickte und betrachtete seine Schenkel.
Die harten Wände des Raumes vollzogen einen Farbwechsel.

Zur gleichen Zeit im Aquarium:

<u>1.Fisch</u> (ein Guppy, wie die beiden anderen):

„Ich kannte einen Witz, aber ich vergaß ihn.“

<u>2.Fisch:</u> „Wusstet ihr, dass 17 Personen P. Poelzlem gelesen haben.

Die Namen sind:

|  |  |
|---|---|
| 1. Fred Bauer | 2. Marthe Schulz |
| 3. Salim Gebhi Daar | 4. Piet van Bruegge |
| 5. V.K. | 6. Monika Oöfir |
| 7. MNM.NMN-MNMNMN...“ | |

(wird unterbrochen)

<u>3.Fisch:</u> „Oh Gott, sagt mal, wer füttert uns heute eigentlich ?“

<u>1.Fisch:</u> „Frau Döhrse.“

<u>3.Fisch:</u> „Sie streut immer zuviel Futter-Flocken hinein, wir können nicht alles essen und der Rest weicht auf.“

<u>1.Fisch:</u> „Kierkegaard sagt hierzu...“ usw. usw.


Claere plusterte die Wangen auf und schaute hingebungsvoll aus dem offenen Fenster. Draußen stand ein großer LKW einer ihr unbekannten Spedition.

„Wer will denn hier ausziehen ?“, fragte sie schüchtern.

„Der bringt nur die schnöde Schrankwand“, sprach der Angler, indem er seinen Kunstharznerz ablegte.

„Aber meine Liebe, interessiert es Sie nicht, warum ich Sie zu mir kommen ließ ?“ Claere ließ sich auf eine schwarze Ledercouch fallen.

„Ehrlich gesagt, nein.“

Das laszive Möbelstück begann, sie zu erregen.

„Aber meine trockene Claere, kennen Sie nicht den Unterschied zwischen Computer-Daten-Highways und...“

„Ich weiß, worauf Sie hinauswollen, Fischmann“, unterbrach sie ihn, „aber nicht mit mir !“

Er ließ seine rechte Hand unter ihren Rock gleiten, was sie als aufdringlich empfand.

„Das Zentrum des Seins, nicht nur der Kreispunkt des Universums, der Zeit oder der Schöpfung schlechthin, stellt sich dar in Form einer Pfandflasche", flüsterte er vertraulich. „Um diese Mitte bewegen sich die ungezählten…" Sie strich mit der Linken über sein Gesicht, dass sich wie der Wachsmantel eines reifen, einjährigen Käses anfühlte. „…Möglichkeiten, in Form ungeschauter Möglichkeitswirbel. Wenn man nun die nicht realisierten von den realisierten trennt und in ein Umfeld unbegrenzter Möglichkeitsmodelle verpflanzt, so bleibt schließlich nur die eine Möglichkeit über. Das…"

Sie griff zu, verkrallte ihre langnägeligen Finger in der nachgebenden Gesichtshaut des Anglers und zog ihm die dünne Maske ab. Sie schrie auf. Es war H.Q. Girlanda ! Wie war das möglich ?

Claere sprang von der schwarzen Ledercouch (feinstes Veloursleder, doppelt gesteppt) auf, wobei sie auch von der rechten Hand des Hausherrn nicht gestoppt werden konnte, die sich immer noch irgendwo zwischen ihren Oberschenkeln befand.

Sie befreite sich von seiner zurückhaltenden Präsenz und stolperte gegen die Bibliothekswand. Ein Stukkateurgehilfe im Auszubildendenverhältnis stürzte von der Decke. Tot.

„Die wirbelnden Möglichkeitswirbel erzeugen die Kraft, die im Vergleich gar nicht mal so schlecht ist !" Er kam drohend auf sie zu. Sein seidener Mantel knisterte wie Eiswürfel.

„Ich glaube Ihnen kein Wort !", brüllte Claere und zog ein Buch aus dem Regal (Pränataldiagnostik).

„Adenin, Guanin, Thymin, Cytosin", mahnte er eindringlich.

„Keinen Schritt näher, oder ich übergebe mich…einer höheren Instanz", drohte Claere.

Sie kramte hektisch in ihrer Handtasche, zog einen kleinen Spiegel heraus und kontrollierte ihre dezent geschminkten Lippen.

„Mag sein, dass Sie mich bisher falsch beurteilten", schrie der H.Q. Girlangler, „aber die Vereinigung unserer beider Möglichkeitsebenen, ganz asexuell, versteht sich, wird zu einer omnipräsenten Strudelbildung innerhalb der Strudel beitragen, dank derer ich auch in Zukunft..."

Sie hörte seinen Mundgeruch an ihre Naseninnenwände klopfen, während er sich, ihr alternativenversperrend, vor sie drängte. Der Rückeneinband von "Tasmanische Reizwörterpolitik" bohrte sich in ihren zarten Steiß.

„...abgesichert sein werde. In dieser ungewissen Zeit sozialer Umwälzungen kann man nicht wählerisch sein."

Er hatte sie, abgesehen von ihrer rechten Brust, in der Hand. Die aber auch. Jetzt aber hatte Claere genug. Sie zog ein Butterfly-Messer aus ihrem Slip und brüllte:

„Ich liebe dich nicht mehr, ich habe dich immer gehasst !".

Dann stach sie ihm das Messer in die Brust.

Langsam ließ er die Hand von ihrer Brust gleiten, sank in sich zusammen und röhrte die sozialistische Freiheits-hymne:

„Oh, Land der Arbeit - Oh, Land zur Sonne, gib mir ein Senfbrot mit - mir geht es guhuhht,...oh, Land."

Während er noch sang, nahm Claere ihre Brille ab, zog das Messer aus ihm heraus, meinte aber nur: „Es tut mir leid, Pappnase !" Aber H.Q. Girlangler sang immer weiter: „Oh, Laand - du Arbeit, ich Bauer...oh,..."

Von draußen brüllte ein röhrendes Motorengeräusch, kam näher und wurde zum Crescendo. Dann brach Kris mit seinem Motorrad durch das große runde Art deco-Fenster in der Südwand. Glassplitter flogen in den Raum und mit fast durchdrehenden Reifen prallte die Maschine auf den glatten Fliesenboden.

„Spring auf !", rief Kris und streckte Claere die Hand entgegen. Sie sattelte hinter ihm, umfasste seine Lederjackentaille und rückte nah an ihn heran. Er packte, hinter sich greifend, ihr festes Gesäß und brachte sie in Position.

„Halt dich fest !", schrie er, drehte das Gas auf und das Motorrad bockte vorne hoch. Die Reifen qualmten, fassten und die Maschine schoss voran. Durch die Halle, vorbei an den Stukkateuren, den Aquarien und dem teilzeitbeschäftigten Aquarien-Säuberungs-Personal, die ihre halbautomatischen Waffen zogen und ihnen mehrere Feuerstöße hinterherjagten. Die Querschläger prallten von der Tupperware ab und jaulten durch die hehren Hallen.

Kris und Claere brachen vorne durch die Tür und jubelten frische Luft in ihre atemkompetenten Lungen.

„Frei, frei, ja, die Freiheit", sangen sie. Das teilzeitbeschäftigte Aquarien-Säuberungs-Personal stürzte ihnen nach, da wurden sie abrupt durch das Läuten der Plankton-Absaug-Zeitschaltuhr, die für 28,50 überall im Fachhandel erhältlich ist, gestoppt. Sie steckten ihre heißen Handfeuerwaffen in ihre ital. Anzüge (Armani).


H.Q. Girlanda brachte seine Frisur in Ordnung und goss sich einen handgepressten Scotch ein.

„Hausboy,..."

Der mechanische Hausangestellte wackelte in sein Leben.

„Sie wünschen ?"

„Bereiten Sie das Abendessen."

Der Boy rollte hinaus. Haku fuhr mit seinem Zeigefinger in die offene Wunde und zog eine lederartige Substanz heraus, die von dem Butterfly-Messer abgetrennt worden war. Ihm hungerte.

Unter dem vollen Mond rasten Kris und Claere auf dem Motorrad Richtung Dresden. Sie schmiegte sich an ihn und lächelte.

„Ich liebe dich, Kris !", hauchte sie. Er blickte über seine Schulter zurück. Ein Reh stand vor dem Mond.

Herbert kniete hinter dem bierglasgefüllten, aschenbecherbestellten Tisch. Er hatte eine Schneise in den ganzen Müll geräumt, durch die nun seine patentierte Versuchsstrecke führte. Seit seiner Entlassung als Tiergaumenimitator hatte er sich nicht mehr so heiter und leicht gefühlt. „Werd' was anständiges, Junge !", hatte sein Vater ihn ermahnt, aber nein, er musste ja seinen Kopf durchsetzen.

Herr Bert spähte durch das Nachtsichtgerät, das auf die Zielvorrichtung gesteckt war. Sein Finger lag schon am Abzug des Schleudermechanismusses (eine Edelstahlgabel, 3 Schrauben à 2,5 cm Durchmesser), mit dem er Guntram, seine zäheste Ratte, abfeuern wollte, als sein Blick auf einen Mann fiel, der sich dreisterweise genau vor das Dartspiel gesetzt hatte. So konnte er nicht weitermachen, dachte sich Herbert bloß und ließ die Luft aus seinem Heizkissen.

Der Chor der Roten Armee gab gerade an diesem schönen Abend ein Gastspiel drüben im Hotel Kontinental und das Gesinge machte ihn ganz nervös. So jung wollte er noch mal sein, um da mitsingen zu können. Aber das brachte er dann doch nicht fertig, weil er alt genug war, um Claeres Mann zu sein. Was er ja auch war.

„Wo sich die Frau wohl wieder rumtreibt", grübelte er froh. Sodann ging er zu dem Mann am Tisch, der, eine Pfeife lutschend, Schmatzgeräusche absonderte. Ein Teller mit Sauerkraut lag vor diesem. Herbert, der immer höflich zu den Menschen war, die er killen wollte, trat zu ihm.

„Sie sitzen im Weg. Weg da !" Der Mann blickte von seinem Sauerkraut auf.

„Herbert Bert, angenehm."

„Burghart Zwinger von Läusen."

Bert schüttelte ihm die Hand. Die Von Läusen waren eine alteingesessene markgräfliche Familie, deren Stammsitz

leider von Jahr zu Jahr immer baufälliger wurde, seit der Samen des Sozialismus' aufgegangen war.
Der müdewirkende Mann hielt ein Streichholz an seine Pfeife und begann zu erzählen...


"Maschaschkes Geschichte"


Er erwachte und sein Griff wanderte zu der Schale mit den Bisonmuttern. Der Sommer kam zwanghaft, wie jedes Jahr um diese Zeit und der Nagellackhimmel über der Stadt gab den Hinweis auf den Klassenfeind.
„Sie laden ihn am besten mit einer M17 auf", sagte Kowolowski. Sein indianerähnliches Profil schwebte vor den Augen der anwesenden Einwohner in den mit Eis gefüllten See. Keiner hatte mit so einem Anblick gerechnet. Bunt lachte der Regenbogen über den Berghängen auf. Kowolowski aber zog ruhig an seiner Gürtelschnalle. Die ersten Falken stiegen auf, um sich ein Teil des Bratens zu sichern. Als die ersten Fische gar zu sein schienen, nahm einer der Anwesenden einen Stock und schlug die Fische zu einem glitschigen Brei, damit die Falken endlich ihr Fressen bekommen würden. Jetzt aber war Flut im Herannahen und das Gekreische der Möwen ging Harry auf den Hörnerv. Der Strand war wie leergefegt. Leere Dosen und Grillreste schmückten die Dünen. Harry zog hoch und lachte. Wie kam ein Mann wie er an einen Ort wie diesen. Heringe lachten im Meer. Harry konnte es hören. Auch er lachte. Eine Muschel sagte: „In einer Mühle am Rande der Stadt passierte folgendes: Ein Hirn im Rollstuhl hatte das vorzügliche Fischragout-Rezept vergessen. Des Müllers Frau hatte den halbtrockenen Weißwein im Korb. Alle Trunkenheit-am-Steuer-Vorwürfe des Methodistenpfarrers Hencke waren gerade im PC

gelöscht worden. Immer, wenn die Müllerin auf der Orgel spielte, nahm sie sich das Leben."

Der Tisch war gedeckt, als Harry in die verstaubte Hütte ging, um sich auch an einem der Träger aufzuhängen. Doch eine Schwalbe flog verirrt durch den Raum.

„Hurra, der Sommer ist da !", schrie Harry. Fix lief er aus dem Haus direkt in den Wald, um nach den Bärenschlingen zu sehen. Nach einer halben Stunde war er bei einer der ersten Fallen. Ein Bärenfell lag zwar drin, aber vom Bär fehlte jede Spur.

Harry meinte nur: „Das kann doch nicht sein !". Die Sonne lachte über ihn.

„Ich bringe ihn um !"

Der verstaubte Zeiger der Dessous-Uhr zeigte an, dass es Zeit war, in den Reigen der ungezähmten Welt innerhalb der gezähmten Welt zu steigen und sich dahingehend zu verändern, dass einen selbst seine Mutter nicht mehr erkennen würde. Harry und der Bär, also die Essenz des Bären, waren eins. Sie waren deckungsgleich. Etwas, von dem er bisher nur zu träumen wagte, war geschehen. Er hatte nicht einmal gewagt, davon zu träumen. Er war der Bär. Der Bär war er.

Durch den ungefilterten Luftraum des Waldes, des Hochwaldes, schlich er laufend, bis er an die Hütte kam. Da pochte er an und ihm ward aufgetan. Er trat die Fischmatte zu einem glitschigen Brei und trat auch ein. Drinnen herrschte ein kleiner, dicker, hässlicher Diktator. Dieser schüttelte dem haarigen Harry herzlich die Pfote und sagte: „Es ist mir eine große Genugtuung und es freut mich außerordentlich, dass Du Herrn Reim, wir aßen 'Beuf Stroganov' zum Dessert, einmal sehr deutlich unsere Position unterbreitet hast, was die Reinigung des Treppenhauses anbelangt."

Er verlieh Harry den Orden des "Paramilitärischen Küchenchefs". Dieser war sich der Quantité négligeable bewusst und schlug auf den Wohltäter und Tyrann ein. Tatgrund: Hass auf alles.

Im Nirvana konnte er sich erst einmal erholen und ausspannen. Hier hatte er auch guten Sex und die Einzelhandelspreise waren auch nicht übertrieben. Irgendwann wurde es ihm aber, aus ganz individueller Sicht gesehen, zuviel und er ging nach Sachsen-Anhalt in die Lehre. Dort lernte er schreiben. Das war relativ brauchbar, konnte er sich doch den langgehegten Wunsch erfüllen, endlich einmal aufzutreten, als Sänger der Stadtpfeiffergarde.

Jahre vor dem Bau des KMS-Airports...

H.Q.Girlanda widerstand dem Drang, seine thermometergesteuerte Tiefkühltruhe zu treten. Die eingelagerten Kokons waren alle während des letzten Stromausfalls verdorben. Er kaute lustlos auf seiner Stulle herum, die mit Mettwurst belebt war. Solche Stullen aß er immer, wenn er nachdachte. Also holte er einen Kanister Benzin, um die Kokons anzuzünden. In einem Buch über Owqawo-Falter hatte er gelesen, dass man sie so zu neuem Leben erwecken könne. Dennoch zögerte er ein wenig. Er übergoss die Kokons mit Benzin und zündete diese ekeligen Dinger mit einer Leuchtrakete an. Sie schrumpelten alle tee-braun ein. Wie sollte daraus phönix-artig etwas Neues entstehen...?
Das Telefon klingelte leise im Korridor. Er sah auf die verkohlten kleinen Kaffeebohnen. Das Klingeln hörte auf. Dann erneut. Girlanda ging in den Flur und nahm ab.
„Verstehen Sie die Zusammenhänge interstellarer Schubkraft ?", fragte der Mann am anderen Ende.
„Ja, kann sein", murrte H.Q. ihn unfreundlich an. „Könnte schon sein, dass ich sie kenne. Vielleicht kenne ich sie aber auch wieder nicht. Möglicherweise sind mir die Kaninchen im Park wohlgesonnen, andererseits kann es auch sein, dass sie ihre latente Feindseligkeit mir gegenüber geschickt zu verbergen wissen. Die Erdgravitation ist da. Aber nur unter Betrachtung von Magnetfeldern, die sich zeitgleich zum Mond feiern. Solche Magnetfelder bezeichnet man auch als Anti-Magnetfelder. Auf das soziale Gewissen hat das überhaupt keine Auswirkungen. Relevant ist es nur im Vergleich zu Feuerwehreinsätzen und bei der Brandherdbekämpfung im leeren Raum, wobei der Atü-Wert innerhalb der Wasserschläuche sich grenzwertüberschreitend dem PH-

Wert in Richtung Null zubewegt. Sehr sauer. Nach § 15 Luzern gilt für den Atü-Druck unter Null bei Außentemperaturen von 11,2 Grad die Hochwasserverordnung."
Der Mann am anderen Ende der Leitung keuchte.
„Das Gleichgewicht innerhalb der Pendelachse wird kontrolliert durch die schizoide Auslagerung der fremdbestimmten Baföganwärter. Im Quellenverzeichnis der Ludwigsburger Sternwarten werden diese Anti-Gravitationsfelder als terrestrische Kernenergie freigesetzt, im Rahmen einer solarbetriebenen Leuchtziffernuhr. Bei Auskoppelung der Protonenmasse vor zwei Uhr nachts entsteht eine linksgedrehte Sauerteigmasse zur freien Verwendung vor schwarzen Löchern. Innerhalb der masseinherenten Trägheit hat die polarisierte Jugendherberge von Herbergsvater Rüdiger F. ihre spezifische Gewichtung. Der Sonnenstand auf der östlichen Hemisphäre hat, unter Berücksichtigung der solaren Protuberanzen, schwere Störungen in der Staubmasse des Pluto zur Folge, wodurch es im günstigsten Falle zu Erdbeben auf Terra kommen kann, oder im ungünstigsten, zu Störungen des ehelichen Geschlechtslebens zwischen Rüdiger F. und der Herbergsmutter. Die Substanzanalyse ergab keine nennenswerten Produktionsausfälle im gesamten Bereich der nuklearen Aufklärung innerhalb dieses Quartals. Störfaktoren sind ferner bei fermentierter Phosphorsulphitbeimischung zu erwarten und dominieren im Nitritverhältnis des Grundwassers archetypischer Gesteinsschichten vor 1000 v. Chr. Auch schon die frühen Stämme der nilansässigen Ägypterkulturen verzichteten weitgehend auf den Zusatz von Salz in Form von Backtriebmitteln damaliger Bäckereien. Sauerteigherstellung vor 200 v. Chr. gestaltete sich logischerweise

nur unter Zuhilfenahme von zirkulativen Rotationsmustern des Zylinderkopfes. Die spätere Süßspeiseneinnahme breiter Völkerschichten ergab im Zahnvorfeld eine bakterielle Zunahme von chemischen Prozessen. Das Zahnputzverhalten konnte so rekonstruiert werden. Erst eine Revolution brachte den Fortschritt in der Feinöldestillation. Das Magnetfeld der lunaren Anziehungskraft wurde mit dem hefegestärkten Protobier der Altrömer, unter Zuhilfenahme von Pilzkulturen aus Vorderasien, etabliert. Bereits Werther erwähnte, dass die isolierten Baustoffe der heliotropen Atmosphärenschicht nicht ionisierbar waren. Der Status Quo innerhalb der Aluminiumatome konnte die Funkweckerfrequenz erheblich steigern. Die Gehirnstromamplitude kennt keine Grenzen mehr. Das Plus-Minus-Verhalten der sozietären Gesellschaft innerhalb der primitiven Gaststätten an Aquädukten im Handelskreuz der alttestamentarischen Verkehrssysteme ist richtungsweisend für zukünftige Generationen. W. Richter erwähnt hierzu, dass bei Stromausfall das Reifungsverhalten der Kokons durch das Hauptantriebsmodul gesteuert wird. In Wellenkanälen der Duisburger Werkstatt für Formgebung und Schaumstoffe GmbH konnte man bereits 1976 das H8-Virus isolieren, ohne dass die Befruchtung der somaischen Beutelratte undenkbar bleiben würde, was quasi bedeutet, dass für die politische Positivbeeinflussung immer noch ein Spielraum im demokratischen Aufbruch bleibt. Eine Kettenreaktion bestimmt hierbei einen nicht zu unterschätzenden Salzgehaltsfaktor zwischen A- und B-Genen oder den nicht vererblichen C-Substanz-chromosomen, auch Lichtgeschwindigkeit genannt. Ausfuhr- und Zollbestimmungen der Drittländer sind wirtschaftserhaltend und antiprotektionistisch, wodurch wieder ein Aufschwung bei Wald-und-Wiesen-Molekülen unterschieden wird und das Hintertreiben einer gegnerischen Partei von vornherein unterbunden werden soll. Die Exportzölle wurden angehoben unter der Richtlinie der OPEC und unter Rücksichtnahme der kommunistischen Zweiklassengesellschaft, wie sie in der frühen Subproletariatsbefreiung der Westnordwest-Ukraine und deren Funktionärskaste etabliert wurde. In der Kreidezeit setzte sich ein Verhalten bei den wirbellosen Weichtieren, die sowohl wasserfest als auch zeugungsfreudig waren, durch, das bereits damals zu erkennen gab, in welchen Dimensionen subtropische Ladengeschäfte Amtsanwärter anwarben. Alles andere muss eine Utopie bleiben. Splittergruppen der Pygmäenbevölkerung erkannten zu spät den Denkfehler, der einer, auf falscher Addition beruhenden Schöpfung, innewohnte. Diese unfruchtbare, mit dem Schicksal hadernde Gleichgültigkeit, ermöglichte erst das fachgerechte Mumifizieren von aerodynamisch geformten Skeletten. Also ergibt sich folgendes Schema, ...warten Sie, haben Sie Fax ? Dann geben Sie mir mal Ihre Nummer und ich schicke es Ihnen rüber."

Der Mann am anderen Ende tat wie geheißen und H.Q. lieferte die gewünschte Information.

Und das sah so aus:

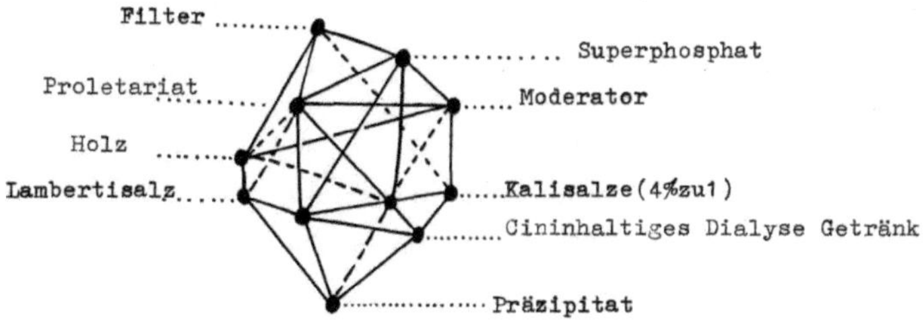

„Wenn wir nun voraussetzen, das "A" gleichbedeutend mit der Anzahl der Weltbevölkerung ist, stellen wir plötzlich fest, dass der Schub bei einer Erhöhung der Drehzahlwerte im reziproken Verhältnis zu der steigenden Rate der geburtenstarken Gebiete steht. Jeder messbare Unterschied zwischen den Primärfarben auf unserer Seite der Hemisphäre negiert sich also, sobald die Skala dunkelgrün wird. Die vor 1849 hochgezogenen Telegraphenmasten sind durch ein Defizit an Kohlensäure in Verbindung mit fettarmen Schweinehinterteilen aus holländischer Produktion vorübergehend außer Betrieb. Die richtungsweisende Vermarktung der EG-Länder hat zur Folge, dass nach den Richtlinien des 'Toulouser Abkommens' der vereinten Nationen die Schimmelbildung an belgischen Schweineteilen vermehrt verfassungswidrig ist. Aber die Innenministerkonferenz der GSU-Staaten zwingt die teilnehmenden Randgruppen zur Abstimmung über die Homosexuellen-Szene in Amsterdam. Die interstellare Konferenz über Zusammenarbeit und Gesinnungsgenossenschaften in der Pfalz, sowie den südlichen Teilen von Portugal, fand unter Ausschluss der Öffentlichkeit in einer stillgelegten Kohlemine statt. Die Synthese des Meerschweinchen-Metabolismus', unter Beachtung der Papaya-Zucht, wird erst negiert, wenn sich Teile des Staatsapparates und der verfassungsgebenden Organe von den in der Tierwelt vorkommenden Paarungsmustern unterscheiden würden. Logischerweise ist die logistik-inherente Strukturformgebung der mitteldeutschen Christstollenform Ländersache. Kulturelle Unterschiede, sowie Parkplatzprobleme und die daraus erwachsenden juristischen Konsequenzen legen bei labilen Charakteren eine Erwartungshaltung nahe, die erst durch die Wirklichkeit fermentiert wird. Der Schürmann-Bau hingegen wurde durch die oppositionellen Kräfte unter

Wasser gesetzt. Intellektuell gesehen fordert es eine gewinnbringende Massentierhaltung ja geradezu heraus. Gewisse Abstriche des humanitären Prinzips sind hierbei zu gewährleisten. Der Hochland-Kaffee schmeckt mir gut. Strukturen und Beschaffenheit von Legoklötzen, sind in Schaltjahren, immer in einer persönlichen Beziehung zu den wertneutralen Umgebungsfaktoren, konsequent violettrot. Beziehungskrisen hingegen haben ihre eigene Ursache in der Wertigkeit der festverzinslichen Einkommensaktivitäten. Der Ruf der Wildnis ist, ähnlich dem Taxiruf, eine Imagination des mittelständischen Gesichtsfeldes bei Erstattung von 3,80 DM retour, unter Androhung von alternativen gewaltbereiten Hochlandrindern. Selbständige, autonome und agrarwissenschaftliche Züchterverbände stehen stellvertretend für das ganze engmaschige Netz der mafiaähnlichen subalternen Hierarchie im Ruhezustand. Der Kontrast hierzu ist offensichtlich. 1969 begann die völlige Ausbeutung der jungfräulichen Arbeitsmittel des inländischen Teppichhandwerks. Seit dieser Zeit hat es immer wieder Versuche gegeben, Streiks durch den Einsatz von Lohnerhöhungen abzuschlagen. Beschwerden von Seiten der Belegschaft über eine erhöhte Bezahlung der Urlaubsgelder oder der Kaffeekasse, die nicht im Verhältnis des realen Einkommens verankert sind, wurden schnöde ignoriert. Erst massive Proteste im Milchstraßensystem führten zu unzähligen Opfern im britischen Unterhaus. Wollwäsche an kalten Tagen kann in Hardcorebereichen der Filmwirtschaft nicht das geringste ausrichten. Die Länge eines abendfüllenden Spielfilms ist gleichzusetzen mit der eines Seidenstrumpfs, oder wahlweise mit der Länge der Fingernägel der das Projekt bearbeitenden Sekretärin. Die Abwägung der Tarifgebiete im Großraum Schwerin hat insgesamt, pyrotechnisch gesehen, ein unterentwickeltes Potenzial, wenn man die maximale Auslastung der Bodenreform für das letzte Quartal sublimiert. Die Fratze der Intoleranz erhebt sich immer dann, wenn die gottgegebenen Kopulationsstellungen nicht mehr ausreichen. Die Riten der nordamerikanischen Navajo-Indianer bei ihren Bestattungsfesten stehen im krassen Gegensatz zu der holländischen Tulpenkrise."

Girlanda holte Luft und nahm sich aus der Knabberbox zwei Salzbrezel.

„Die geradezu Jeanne d'Arc'sche Auffassung von Ohrerkrankungen wird im Kontext der niederländischen Maler..." Der Mann am anderen Ende der Leitung legte auf.

Haku zuckte mit den Schultern und ging zum Eisschrank hinüber. Dort entnahm er einen Milchkarton, führte ihn zum Mund und erinnerte sich zu spät an den Stromausfall. Er spie die saure Milch in seine Wohnküche. Menschlich tief entäuscht ging er zu den Ex-Kokons, die er mit Benzin übergossen und dann angezündet hatte. Zwei von ihnen waren aufgeschwemmt und zum Platzen reif.

„Schau, schau", meinte er und kratzte sich am Bart. Eine Hülle aus Netzfasern lag über der anderen, Schicht für Schicht, wie bei einer Zwiebel. Das Buch wusste, wovon es schrieb. Behutsam brach er den braungrünen Kokon auf und betrachtete den Inhalt. Dann öffnete er vorsichtig auch den rotbraunen. In jedem hatte sich ein Exemplar gebildet. Girlanda holte aus der Küche die große, flache Schüssel, in der er immer Teigmasse anrührte und goss die beiden hinein...

Ein Männchen und ein Weibchen. Und sie glichen sich wie eine Eins der anderen. Der kleine Mann maß 8,9 cm, sie hingegen brachte es auf 8,6. Sie putzten sich, entfernten den Kokonschleim und kleine Faserbröckchen von Armen und Beinen, und stellten sich als äußerst reinlich heraus. Gir war sehr stolz. Sie leckten einander die Gesichter und Hälse. Verspielt begann das Männchen seiner Schwester die voll entwickelten Brüste zu säubern, was beiden zu gefallen schien. H.Q. knabberte an seiner Salzbrezel und observierte interessiert. Die nächsten Momente würden entscheidend sein für den weiteren Verlauf des Experiments. Wenn das Verhaltensmuster sich als stabil erweisen sollte...

Sie beugte sich zurück und das Männchen glitt über sie. Durch den noch nicht völlig entfernten Schleim eine glitschige Aktion. Aber sie erreichten bald eine vollziehbare Stellung und ihre aufeinander abgestimmten Bewegungen zeigten, dass das System funktionieren würde.

„Wie die ersten Menschen !", meinte Girlanda kopfschüttelnd. Dann zog er eine Augenbraue hoch und musste über sich selbst lachen. „Was heißt hier, 'wie' ?" Anstelle eines Vakuums war das Gegenteil eines Vakuums getreten.

Die Küchenuhr schlug zwölf. Er war nicht mehr ganz frisch, also riss er, wie es seine Gewohnheit war, das alte Blatt vom Kalender (6.1.) und schaltete das Licht aus. 'Ne Runde poofen hatte er jetzt nötig. Die Kinder in der Schale konnten es auch gut ohne seine Aufsicht treiben. (Der Raum war jetzt dunkel und still).

Eine dünne, quiekende Stimme: „Oh, Steffig...ja,...oh, ja..."

Er ging in einen Nebenraum, welcher in einem Nebengebäude untergebracht war und setzte sich an seine Sagrotan-Orgel, die er dem Satan abgekauft hatte, als dieser mal wieder knapp bei Kasse war. Die Auftragsarbeit ging flott von der Hand, Komponieren war seine Stärke. Girlanda konnte hier aus dem Vollen schöpfen, seine Phantasie zog er aus dem Fundus Lederreste, den sein Großvater in Sektor 8 vergraben hatte. Seine Gedanken schweiften hinaus auf den Balkon, wo sie auf schnitzelbratende Schlauchboote trafen, die ihre Leistungsträger mit Levis 501 vermissten.

„Ich denke, also bin ich", sagte Girlanda zum Hausboy, der sofort heranwackelte, um ihm eine Orange im Schlafrock zu servieren. In diesem Teil des Ex-Büros gab es keine Schlüssellöcher in den Wänden, nur Bilder von runden Vertiefungen, die in der Mitte Vierecke enthielten, in denen wiederum eine eiweißartige Absicht deponiert war.

"HIER WIRD MIT BLUT GEKACHELT", stand in Kladde darunter.

Kris hielt seine Maschine vor dem Gasthaus "GASTHAUS DER SOZIALISTISCHEN GESELLSCHAFT". Claere stieg von dem Sozius, strich ihren Rock glatt und wurde sich bewusst, dass die marktwirtschaftliche Gesellschaft nur eine Chance hatte, wenn in den nächsten Jahren das soziale Klima eine charismatische Führerfigur aus sich heraus gebären würde.

Kris strich Claeres Rock nochmals glatt, wobei er eine Unebenmäßigkeit im Bereich der Hüfte wahrnahm, ihr jedoch keine weitere Beachtung schenkte.

"Ey, bist du schwanger ?", fragte er. Während seine linke Schulter zu jucken begann, versagte ihr Deodorant. Kris erbleichte. Ohne mit der Wimper zu zucken, gab er ihr einen Orden der Heilsarmee und betrat das Lokal.

Das innere Ambiente der gastlichen Gegebenheiten entsprach einer Großküche im Bereich Detmold. Zu ihrer Linken stand eine pinkfarbene Musicbox, deren Wechselstromanlage schon mehrere Menschenleben gekostet hatte. In der Mitte des Gasthauses stand auch eine. Die aber war grün, war aber im Laserlicht des angrenzenden Discobetriebes ganz blau. Claere warf eine Münze ein, woraufhin Kris nur noch sagte: "Mopsbacke, nimm Platz. Was trinkst du, du Göre ?"

"Altes Mondgesicht", sagte darauf die C., "ich bestelle mir immer Himbeergeist mit weißem Rum drin." Er dachte an all die Alkoholikerinnen, die er gekannt hatte. Aber war auch sie eine ? Er dachte sich nichts dabei und sprach anstelle dessen zum Kneiper: "Bringen Sie ihr Gesäß hier rüber. Ich und die Dame haben keine psychischen Probleme, sondern nur Bluthochdruck. Mens sana, in corpore sano."

Der Kneiper zog seine Nieren hoch und rief seine Schwiegermutter an den Tisch, die in der Musicbox unter Track 29 abgelegt war. Die verinnerlichte Beamtengattin warf ein gesundes Misstrauen der Gefühle in die Diskussion und berief sich auf den Tierpräparator Alois, der von der Dachrinne sprang und sein ganzes Selbstvertrauen einbüßte, da er im 3. Stock nicht sofort Aufnahme in den Völkerbund fand.

Der Boss lieferte ihnen als gediegenes Abendmahl eine fettige Pizza, die aus folgenden Zutaten bestand: Käse, Milben, Tomaten, Käse. Die Tomaten waren optisch aufgehellt.

Man wurde müde und zog sich, die unfallversicherte Treppe ersteigend, in die Gastschlafzimmer (Schlafgaszimmer) zurück. Die Einrichtung: Biedermeier, Rokoko und Jugendstil als Mix. Zu deutsch: Flohmarkt 2. Hand. Es war hübsch. Nich' kein Gast hatte dieses bemerkt. Das abgestützte Bord wurde durch ein Servogelenk "63er Trabant" abgefedert. Die Betten entsprachen der EG-Norm für EG-genormte Betten. In diesem Augenblick bekam Rupert Krakauer eine kleine Herzmuskelunregelmäßigkeit, die ihn dazu veranlasste, mit seiner Flex alle Möbel seines Penthauses zu fünfteln. Im "GASTHAUS DER SOZIS" wälzte sich Kris gerade von Claere hinunter und gab sich einem allgemeinen Gefühl hin, das sonst nur trainierte Drehzahlmesser oder speziell geeichte Reifengroßhändler hatten.

Kris verweilte gedankenversunken auf der Bettkante. Ja, er war erledigt, war fertig. Diese Frau hatte ihn wieder einmal geschafft. $4^1/_2$ Orgasmen, davon an die $2^1/_3$ vorgetäuscht, und das alles innerhalb 2 Glasen und Fofftain. Das solle man ihm erst einmal wiederholen, dachte er. Schmunzelnd verbog sich sein Gesicht beim bloßen Revuepassieren seiner Meisterleistung. Kris schrie auf. Seine passierte Revue wurde jäh von einer üblen Magendrückerei unterbrochen. Flugs schob er in Gedanken die Schuld auf die schon lang verdaut geglaubte Mafiatorte, sollte sich aber später eines Besseren belehren lassen. Es war schlussendlich doch die niemals richtig auskurierte Magengeschichte, die er sich während seiner Kneipp-Kur in Berechtesgarden zugezogen hatte.

„Is' was", besorgte sich die in alter Zunft gut eine dreiviertel Stunde durchgerittene Claere, „geht es dir nicht gut ?"

„Doch, doch", winkte Kris ab.

„Du kannst mir nix vormachen", konterte sie. „Es ist bestimmt die von dir schon lang verdaut geglaubte Mafiatorte, oder...", fuhr Claere fort, „deine niemals richtig auskurierte Magengeschichte, die du dir während deiner Kneipp-Kur in Berechtesgarden zugezogen hattest." Sie kannte Kris halt scheißgut.

Kris musste sich eingestehen, dass er Claeres G-Punkt wieder nicht gefunden hatte. Claere sah an die Decke, deren frühkapitalistisch-dekadentes Muster sie gleichzeitig anwiderte und erregte. Ihre Rotgrünblindheit hinderte sie jedoch daran, die feineren sunnitischen Darstellungen zu erkennen. Auch die etwas verblassten Abbildungen sich vereinigender Paare aus dem Kamasutra konnte sie nicht vollends würdigen. Kris stand am Fenster. Sein Gemächt schmerzte noch. Bei der Reiterstellung wurde es wieder einmal verbogen. „Wie so oft", dachte Kris. Claere ging immer zu ungestüm an die Sache heran.

„Schade, dass du keine venezianische Hutablage bist", seufzte sie in Erinnerung an ein traumhaftes Erlebnis, das sie während der Möbelwochen in Fallingbostel gehabt hatte. Kris bohrte gedankenlos in der Nase. Er war körperlich enttäuscht. Wurde er alt ? Seine Ausdauer hatte heute nacht das Volumenpotential einer Aubergine gehabt. Claere, die rotwangige Miss Ellie der Bratschenorchester, die Nitribit der Saugpumpen, der Adler über Horst, lag zusammengekuschelt im Bett, ihre körpereigenen

Ausbuchtungen in Matratze und Laken wohlweislich ausfüllend. Kris stand auf und ging zur Tür.

„Ich hol' uns mal was zu rauchen, was ?"

„Hä, äh", nickte Claere.

Dann ging er zur Tür raus, durch den dunklen, holzduftenden Korridor und die Treppen runter. Auf der untersten Stufe blieb er stehen und lauschte.

Der Wirt redete mit monochromer Stimme: „Sasa.Sa.Sa.Sa."

Ein fremder, grauhütiger Mann stand in seinem Trenchcoat vor der Theke. Die Luft über ihm flirrte und schimmerte.

„Wir haben...Dingens...wie heißt das noch ? Gäste !", rief der Wirt seiner Frau Carlo zu, die in der Küche schawitzte und kaochte.

„Haben Sie einen guten Stuhlgang gehabt, Sie alter Wichser !"

„Na, geht so. Ich hab' eben deinen Gästen beim Ficken zugesehen. Die Alte war nicht schlecht, außer als sie kam, da hat sie mit den Augen gezwinkert wie so ein kurzsichtiges Bärenauge. So was hab' ich zuletzt beim Vietkong..."

„Na gut, das macht dann 22,58 Dollar. Oder willst du auch noch was trinken ?"

„Was kostet die Olle ?" wollte der Fremde wissen. Aus der Küche kam in dem Moment ein Schrei. Der Fremde sprach nur: „Genau wie beim Vietkong !"

Die Frau des Wirts kam aus der Küche gerannt und lispelte:

„Chef, da kommt Sperma aus der Decke, darüber ist doch das Zimmer mit dem Pärchen. Rammeln die schon wieder ?"

Ihre Frage blieb unbeantwortet im Raume stehen und sollte noch so lange bleiben, bis alle Gäste schon lange gegangen waren. Einige Gäste störten sich dermaßen an der ach so stur im Raume stehenden Frage, dass sie sich beim Wirt beschwerten. Damit liefen diese bei ihm nur offene Türen ein, zumal die Frage im weiteren Verlauf des Abends nichts bestellte, trocken blieb, und dem Wirt zu keinem gesteigerten Umsatz, geschweige denn zum gesteigerten Bruttosozialprodukt verhalf. Doch bereits am nächsten Abend wurde eine neue Frage in den Raum geworfen, so dass die Frage vom Vorabend verschwinden musste. 3 Wochen vergingen, zogen ins Land. Über die im Raum stehende Frage wurde schon lange nicht mehr diskutiert. Überhaupt wurde es sehr still im Ort. Einzig und allein mussten 2 Dorfbewohner das Land ohne Visum verlassen, was aber nicht weiter auffiel, da ja nun die 3 Wochen ins Land gezogen waren, die sich nach eigenen Angaben "schon wie zuhause" fühlten. Dann wurde ein parlamentarischer Vergleich geschlossen, offene Fragen kategorisch zu beantworten. Oder wenn schon nicht zu beantworten, dann doch die Absichtserklärung zum ausstehenden Handlungsbedarf zu veröffentlichen. Schließlich kamen die Zigeuner ins Dorf und versuchten durch Kartenlegen, Glaskugellesen und Bowlingspiel eine endgültige Klärung herbeizuführen.

Zurück zu Kris und Claere: Sie lungerten also immer noch in diesem lausigen, kakerlakenverseuchten Schankwirtschaftsspelunkenhotelzimmer herum und sahen an die Wände. Claere kaute sich die Nägel ab, Kris pulte die Tapete ab.
„Wir müssen gehen, wir gehen jetzt hier weg...zurück nach Karl-Marx-Stadt", sagte Kris.
„Ja", sagte Claere.
Draußen vor dem Gasthaus wartete die nachtkalte Straßenziege, die turbopfeilgeschossige Madentöterin, die wasserstoffgeblondete Ofeneröffnung. Das Moto. Das Rad.

Der grauhütige, kaltblütige Hitzefeind streckte Kris die Hand hin, in der sich nur ein wenig Nageldreck und eine Einladung, eine Aufforderung, befand, der nachzukommen nicht Pflicht war.

„Keine Pflicht, Ihr Erscheinen. Wird aber erwünscht. Echt." Krissi besah sich die Pappe, dann wanderte sein Blick auf Claeres dünnen Blusenstoff. Dann kam er ferngelenkt zurück. Las auch:

EINLADUNG ZUM JAGDSAISONABSCHLUSSBALL.

Admit one.

„Das Fräulein können Sie aber gerne mitbringen. Darauf schaun mer net so."

„Vielen Dank, Sie Spanner !", lochte Kris ihm eine. Dann schwang er seinen beweglichen Hintern auf die Maschine und startete sie mit einem lauten Knall. Die Zylinder grunzten laut und der Katalysator röhrte sein Lied. Kris legte den ersten Gang ein und grinste, dann legte er den zweiten ein und ächzte. Der dritte folgte sogleich. Da war sie, die Route 666. Sie glänzte wie Claere nach dem Schäferstündchen.

„Das wird ein Ritt", grinste Kris spitzbübisch. Route 666, das war sie. Kris gab Gas. Er war gerade 200 gefahren, da fiel ihm ein, dass er ja Claere vergessen hatte.

„Soll ich jetzt nochmal zurückfahren ?", fragte er gedankenverloren den Drehzahlmesser.

„Wird wohl besser sein !", rief der einsame Reiter in den Wind.

„Shit !" Reichte sein Treibstoff noch zurück und wieder los ? Diese Fragen waren es, die einen Mann wie ihn zur Nachsicht gegenüber dem dort stehenden Rentnerehepaar bewogen. Er heizte zurück, grabbelte Claere pograbschend aufs Radmot, fing sich eine Ohrfeige ein und startete Richtung Süden, Nähe Airportnähe.

„Der Jagdsaisonabschlussball", dachte er, „warum nicht, was ?"

Claere sprach: „Ich würde gern ein Meloneneis essen, im Zweifelsfall Nussmarzipankrokant. Oder Kaffeemokka."

„Ich bin deine exaltierten Launen, deine sahnigen Phantasien satt, du Mohnbrötchen kapitalistischer Agitation."

„Pimpf. Du bist nicht mein Vater."

Das uneinige Paar fuhr Richtung KMS rein. Kris reute sich, diese verzogene Stute geritten zu haben. Wäre er nur an der Seite seiner Marika oder als zweite Wahl in Steffi.

„Prolet", dachte Claere, „dir werde ich jedenfalls nicht von den ägyptischen Mysterien erzählen."

Ausgepuffte Abgesänge auf gepuffauste Auspuffe hingen über der Route gen Mokka.

Landgang. Gängige Unterbrechung der aufödenden Routine auf Seemeer. Gängig auch unter spitzhosigen Plankenbeißern, westwestlich von E.

Kapitano Fontanello und sein erster Maat Joseph Prinn stiegen die lehmglatte Anhöhe unterhalb der Bitchroad hinab. Ihr Ziel war das "Catfish Inn", die räudigste Hafenkneipe in ganz Portsmouth.

„Ich lasse mich volllaufen wie ein laichender Rochen, Kapitän", lachte der Maat, der früher, vor seiner Seekarriere, als Neurotransmitter gearbeitet hatte.

„Ho ho, du Ex-Neurotransmitter", frohlockte Fontanello, „du als mein erster Maat hast dir auch eine wie eben von dir beschriebene Volllaufung, meine Besäufnis, verdient."

„Danke Boss", bedankte sich der laichende Rochen, schenkte dem Kapitän einen dankbaren Blick und soff sich daraufhin die Hucke dicht.

„Ho ho, nicht verkehrt, dieser Ansatz", bestaunte Fontanello seinen ersten Maat. „Saufleistung erster Güte."

„Ho ho", wiederholte sich vergessen der senile Kapitän. Derweilen konnte er nicht seine bestaunenden Blicke von dem Maat lassen. Erst 1, dann 2, dann bereits 12 "Glenfiddichs on the rocks", anschließend 2 Magnumflaschen "Chateau LaTour", 3-4 Kanülen 99%-igen Alkohols und abschließend 2 Spritzen verlängerten Heroins. Nicht einmal diese Menge gesmuggelten Alkohols reichte nicht, ihn fröhlich zu stimmen. Erst ein Teelöffel mit Salpeter warf ihn in den richtigen Zustand. Er kotzte seine Gedanken in die Runde. Jetzt wurde er richtig pervers. Einer Frau im Bikini riss er das Haarnetz vom Schenkel, stopfte es in seinen Mund und zwang sie, Rumba zu tanzen. Als der sechsundvierzigste Offizier dazukam, begoss er ihn mit dem Aschenbecher, in dem sich immer die Getränke sammelten. Nach dem Kinnhaken bedankte er sich höflich bei dem Jüngling.

„Kapitänfontallowielangebleibenwireigentlichanland.......?“, erkundigte sich der Maat, ein wenig unsicher angesichts seines leicht gestiegenen Blutalkoholspiegels, der auf deutschdemokratischrepublikanischen Autobahnen gewiss Unannehmlichkeiten nach sich gezogen und eine Vernehmung durch zuständige Sicherheitsorgane unumgänglich gemacht hätte.

„Ja, nun, so zwei, drei, dachte ich“, gab der plötzlich eigenartig ernstgewordene Fontanello kund.

„Ist dir eigentlich auch aufgefallen, Joseph, dass hier alle Leute mit grünen, ledernen Aschenbecherschonern protzen können, nur wir nicht, die stolzen Vertreter des nicht minder stolzen Schiffes...wie hieß das denn noch ?“

„Äh.“

„Egal, jedenfalls lasse ich nicht so mit Vertretern, quasi geschulten Emporkömmlingen der Krone, des glorreichen britischen Empires, umspringen. Nö.“

Aber das Schicksal wollte es so, dass ein bärtiger Fremder an ihren Tisch trat und sie in ein Gespräch verwickelte, das sie die ganzen aschenbecherschonenden Protzer vergessen ließ. Der Kerl stellte sich unverrichteter Dinge als Sören Ole Erikson, direkter, bluttestgeprüfter Nachfahre von Stig Ole Erikson, dem ersten Wikinger, vor. Seine Mutter hatte zwar monatelang mit dem LKW-Fahrer vom Tierlabor Scharbeutz rumgemacht, aber das beeinträchtigte die Erbfolge in keinster Weise.

„Ka...Ka...Kapitän“, flüsterte der Maat ins Ohr desselbigen, „wi...wir mmmüssen an Bord zurück. Kkkkeine Zeit, uns mmit Sören festzzuqquatschen.“ Der Maat kollaborierte, was abzusehen war.

„Gut, mein Maat“, ratbefolgte der Vorgesetzte den Maatrat.

„Ich dachte schon, Sören würde unsere kleine nette Einschubgeschichte innerhalb des lyrischen Treibens um die Charaktere Claere, Daugorsch jr., Steffi, Steffig usw. unnötig erweitern."

Seinen Worten Nachdruck verleihend, schlug der selbstüberzeugte Boss dem überflüssigen Charakter nonchalant in die Fresse, um ihn damit aus der Nebenhandlung zu verbannen.

Durch diesen Akt der Anteilnahme ging ein Raunen durch die Finsternis. Keiner der Beteiligten konnte damit rechnen, in eine solche Geschichte hineingezogen zu werden. Selbst dem noch so alten Eisverkäufer war es in seinen ach so jungen Jahren vorgekommen, überflüssig zu sein.

Fünf Jahre später...

Der Hafen kam in Sicht. Keiner der Offiziere wollte eingestehen, dass er Heimweh hatte. Der Maat aber lachte nur in den Wind. Er hatte ja sein Abenteuer gehabt. Der Kapitän aber weinte bitterlich. An der Pier wartete das tschechische Blasorchester "8.Oktober", um die Heimkehrer zu begrüßen. Am Galgen hing eine vertraute Gestalt, die weit ins Land hineinwinkte. Die Krähen, die auf ihren Schultern rabbatierten, richteten ihren Blick ins Leere, Richtung Nordnordwestnordsüdwest. Der Mann namens Moselpope, dem das Unterhemd über die Knie hing, erinnerte sich an den Sommer '34, als er vor Calais im milden Westwind aus Nordnordwestnord kein Land sah. Seine erste auch verständliche Reaktion war, das Schiff, das sich so verfickt steuern ließ, zu sprengen, aber er überlegte es sich nicht. Und sprengte es, mitten im Ortsverein.

Der Versicherungssachverständige Petzoldt G.d.F. stimmte ihm zu, dass Moselpip keine Schuld traf. Und zahlte 48.000,30 DM aus.

Fünf Jahre vorher (mehr oder weniger)...
Fontanello grub seine Faust in das Funktionärsgesicht von Herrn Petzoldt. Dieser ging zu Boden. Ein Zwiebelbrot stank am Heck. Nebel. Ein Tunnel. Petzoldt schritt den wabernden Korridor entlang. Die achte Schicht der Epidermis zitterte unter seiner Kleidung. Er wusste, dass etwas Frohlockendes geschehen würde. Petzi trat in einen Raum ohne Wandhäute und U-Bahnen. Es war so friedlich, so defiliert geschoben. Ein Mann mit gar dunkelhäutigem Teint stand vor ihm.
„Guten Abend, Petzoldt", sagte der stumme Inder, „mein Name ist Salim Gebhi Daar. Parkplatzaufsichtsbeirat der 'Fröhlichen Menschen e.V.', angenehm." Ihm war so weihnachtlich, als würde er einer öffentlichen Veranstaltung beiwohnen, die überwiegend von Protestanten gemieden wird. „Die Realität wie Sie sie kennen, ist wie ein Schneckengehäuse. Ja, sogar eine Schildkröte ist genaugenommen wesentlich intelligenter als die Zeit. So lauteten die ersten Tagesordnungspunkte, die von unserem Verein aufgestellt wurden. Wissen Sie, wie wir diese Erkenntnis errungen haben ? Durch reine Massenhysterie am lebenden Verbraucher."
Petzoldt starrte in die Ecke des formlosen Raumes, von dem er instinktiv wusste, dass er früher eine Handschuhgerberei gewesen sein musste. Einer der Schuhe lag dort und gab sich der Vergänglichkeit hin. Ganz langsam blätterte die Außenschicht Hülle für Hülle ab. Blatt für Blatt.
„Wir haben keine andere Wahl, als die Chance für eine Verbesserung der aktiven Gesellschaft, die sich marktwirtschaftlich erpressen lässt, zu nutzen. Schließlich sind wir keine Waldameisen. Peruanische Waldameisen."
„Hugh, ich bin doch dein Bruder. Wie kannst du mir so etwas sagen ?"

„In der neuen Gesellschaftsordnung spielen sanitäre Probleme der Bäder- und WC-Innung keine Rolle. Andersrum gesehen, haben Amöben einen gewissen Heimvorteil." Ein Heuschreckenschwarm drang in den Raum ein und zerstörte alle menschlichen Wertvorstellungen von biologischen Subkulturen.
„Habt ihr so'n Brotbackautomat ?", wollte Petz wissen. Doch Salim Gebhi Daar grinste nur und draußen vor den Fenstern zogen schwanenhafte Pappattrappen vorbei. Salim bleckte seine weißen Zähne. Ein Hammerklavier hammerklavierte irgendwo im Hintergrund. Didgeridootöne ließen seine vibrierenden Knochen erzittern. Die von Termiten hohlgefressenen Holzstäbe erfüllten seine oppositionsgestärkte Teigmaske bis ins Mark. Das Herz eines Boxers kennt nur eine Liebe. Steffig hatte nicht immer so gesundaussehendes Haar. Das wusste Petzoldt. Er fiel hinten über. Blitzartig sah er eine Szene vor seinem geistigen Auge...Ein lauer Mittvierziger, der schwitzende Mädels ca. 250 Jahre in der Zukunft instruierte. Ein Gazellendream. Dann wurde alles verschwommen.
„Ich beziehe mich auf die Gebietsverteilung der Pioniere, die das Land unserer Väter erschlossen. Also unsere Väter selbst. Väter der Vorväter, verstehst du ?...Die Pioniere des Bewusstseins. Die in Seelengeistesschichten vordrangen und die Fresse vollkriegten. Die Grenze der Genesis. Klar ?"
Er wachte frei.

Rehrücken mit Preiselbeersoße war an diesem Abend, wie in den vergangenen Jahren, der Favorit bei den in Lodenmäntel und Trachtenjacken gehüllten Gästen des Jagdsaisonabschlussballs der Karl-Marx-Städter Jagdsportgesellschaft "Waidmanns Glorie". Man dinierte traditionell im Jagdvereins-Clubhaus "ZUM DANIEDERLIEGENDEN HIRSCH, DESSEN VERGOSSENES BLUT GERÄCHT WERDEN SOLL AUF IMMERDAR UND DAS SEINER AHNEN UND URAHNEN". Dammwild an den Wänden, Rotwild. Auch Hase, Eber und Co. Etliche Korn waren schon durch die Kehlen geronnen. Jäger, Jägermeister und ihre Gattinnen, Jagdgesellen, Jagdhunde, ebenso zahlreiche Marxstädter Prominenz.

Marika nippte an ihrem Daiquiri, neben ihr ein dicklicher Herr mit einer Dreitage-Bart-Glatze. Solche Leute gab es tausendfach in dieser Stadt. Marika hatte solche Leute schon immer gehasst. Mit einem Schwall von Schimpfwörtern und Beleidigungen goss sie ihren Fast-Food-Drink in sein Narbengesicht. Einige der Risswunden platzten sofort auf, andere hielten noch einige Tage, schwollen aber so stark an, dass er wie ein Kamel aussah. Marika leckte ihr Glas aus. Der Anblick war so ergreifend, als sie mit ihrer Zunge ins Glas tauchte, so erotisch wie das große Bild über dem Eingang. Einer der Kellner vergoss sogar Sekt. Andere wiederum vergossen noch mehr Sekt. Der Chef-Kellner vergoss derweil soviel Sekt, dass er mit dem Vergießen seiner besten Flaschen Sherry fortfahren musste. Weitere Gäste, die gerade erschienen, ein Pulk der renommiertesten Getränkehersteller, ein bosnisch-herzegowinischer Bierbrauer war auch dabei, mussten die Getränke erst herstellen, um sie anschließend zu vergießen. Es war ein einziges Vergießen an diesem Abend in diesem Clubhaus, so geil leckte Marika aus dem schon halb kaputtgeleckten Glase. Der Angler allerdings

sah weg. Marikas Zunge fuhr rund über die konkave Glätte des Glasinneren. Ihre Zunge drängte forschend, flammenzüngelnd, widerstandsuchend auf nymphomanischen Pfaden in die daiquiriduftende Höhlung. Das Glas schimmerte im Licht der Jagdsaisonabschlussballbeleuchtung und brachte sie auf verträumte, verrückte Gedanken. Ihr war, als gäbe es auf der Welt niemand anderen als sie. Einer der Jagdhunde, ein plattschnauziger, hängeohriger Dog, bretterte in ihr Sichtfeld. Sie schlug dem Tier den Nachbarsteller auf den Kopf und der Hund zog jaulend ab. Blut flog. Dann kitzelte sie das Glasinnere wieder mit ihrer sensiblen Zunge, dem Gefühlsorgan der sensiblen Nichtohrfixierten. Die heißerwerdende Oberfläche ihrer Leckeinheit zog die Parallelen nach, die liebevolle Kunstschleiferhände in das Material versenkt hatten. Sie stellte sich die erigierenden Glasbläser vor, die sanft und mit gegrätschten Beinen, mit heldenhaftem Einsatz ihr Plansoll erfüllend, mit schwellender Brust die heiße, geschmolzene Glasmasse formend, aus der amorphen Lava urbildhafter Unbewusstheit die Urmuttergaia gebärend, aus dem Schoß der Prä-Existenz den Sozialismus in die Welt einführend, mit dem leidenschaftlichen Schweiß der wahren Idee, die sanft und hingebungsvoll ihre Gläser Marikas Mund entgegenschufen.
Nach soviel Leckerei fühlte sich ihre Zunge pelzig an. Claere saß drei Stühle weiter, aber die beiden Frauen kannten sich nicht. Herbert, der neben Claere saß, versuchte, ihr mit gekonntem Fingerspiel das Glas zu entwenden, wobei ihn verzückte Erdbeeren ansahen. Auf diesen Moment hatte Claere einige Jahre ihres Lebens gewartet. Sie zog Herbert auf ihre Seite und versuchte, ihn zu küssen, aber Herbert fühlte sich so zu Marika hingezogen, dass er seine Sinne vergaß.

Marika war endlich am Boden des Glases angekommen, als ein Glaser den Raum betrat. Jetzt spürte Herbert die Konkurrenz im Nacken. Stille zog in den Saal. Marika aber rutschte zu Herbert herüber, was diesen sichtlich erfreute, da er vor Jahren doch seine Glaserausbildung unter Mitwisserschaft von Marika schandhaft abgebrochen hatte. Nun hatten auch "Nicht-Glaser" wieder eine reelle Chance, dachte sich Herbert. Der Glaser trat an den Tisch der beiden.

„Entschuldigen Sie, ich möchte nicht unhöflich erscheinen, aber Sie...", er deutete mit seinem unegalen, abgekauten Finger auf Marika, „Sie gehören mir !"

„Ich gehöre nur mir allein", schrie Marika aufgebracht.

„Entschuldigen Sie, das entspricht nicht der Wahrheit", brachte Herbert ein, „sie ist definitiv mein, die Meinige, sie liebt Glas, ich liebe sie, Gläser und ich teilen sich ihre Liebe, wir werden eine glückliche Dreierbeziehung führen, die ihresgleichen sucht. Ich werde ihr Gläser zeugen, werde ihr ein gläsernes Studio bauen, ähnlich dem Radio Hamburg, am Speersort auf 103.6 MHz. Und nun weiter mit mehr Musik und weniger Staus."

Der blutspritzende Hund jagte durch die grünbewamsten Reihen, seinen Lebenssaft verteilend: Marika ans Ohr, dem Glaser vor's Kinn, Herbert zwischen die Nasenflügel. Dann lief Doggihound spritzelnd aus dem Raum, wurde aber kaum beachtet. Nur das Steak von Lord Playberry, das er für Lady Trotzky vorzukauen pflegte, wurde über Gebühr rot serviert. Fiel auch nicht auf.

Unter den Jagdsaisonabschlussballgästen befanden sich mehrere Inder. Eine Frau im Sari, auf dem "Ginnungagap" stand, ergriff das Wort:

„Guten Tag, ich heiße Fatima Johnson und bin die Verkörperung der palawitischen-grawitischen Seins-Regel einer Klappstuhlwelt im Ozean der Chiffren. Alle Gäste hier:

Verlassen Sie nun bitte tröpfchenweise diese Galaxie. Geben Sie ihre Handys am Empfang ab und lauschen Sie den weihevollen Gesängen des Beduinenchors "Desert Maniacs". Alle sahen sie verblüfft an. Nach einer kurzen Pause fuhr sie fort: „Putzen Sie sich bitte ihre Zähne und Schuhe." Sie verdrehte die Augen, schwankte und fiel einem Waidmann mit Geltungsdrang und Englischkenntnissen in den Arm. Der Fußboden hob sich ein wenig, weil im Keller jemand etwas zu laut an Kamelhaardecken dachte. Der Gäste Stimmung oszillierte, alternierte und versickerte schließlich unterhalb des einarmigen Banditen, der neben der tadellos polierten Furnierholztheke angebracht war. Hauptgewinn: Ein paar Körnchen Salz und ein fleischiges, breiiges Konvolut aus Bierlaune, Rokoko-Indianern und somalischen Beutelrattenkeksen. Der kaum bekannte Schlager "Häng deine Fresse in die Sonne, die scheint nur 35 Tage im Jahr", drang aus den Lautsprechern, die links und rechts von dem Eingang angebracht waren. Doch, oh Wunder, plötzlich knackte und knisterte es nur noch und die Stimme des ortsvorstehenden Bahnhofswärters Franz M. quakte aus den Gitterrasteroberflächen der Boxen.

„13.05 ab Kulmaring, letzter Aufruf für den 309 über Passau nach Oelmisch Gratz. Die Verbindung mit dem E-402 nach Pretz auf Bahnsteig 5."

Mit einer leichten, eleganten Bewegung und dem schleppenwerfenden Händchen der geübten, ja verinnerlichten Geste, setzte sich Fatima Johnson, deren Name, ehrlich gesagt, kaum die Innenweltbilder Indiens erstehen ließ, auf den freien Stuhl neben Claere. Ihre schweren Schmuckringe an den Gelenken klapperten, also als Metapher jetzt, wie ein Sack voll Lagunensteaks. Ein kräftiger, sonnengebräunter Lakai eilte ihr zur Seite und legte das Seidenkissen, das eigentlich für ihr rundes, festes Hinterteil, das jeder Mann gerne eingeölt hätte, nur so unter uns, vorgesehen war, auf ihren Kopf.

„Zu spät, Blödmann, das Kissen bevor dem Setzen ! Davor, blöd. Blöd."

Claere blickte hinauf zu dem seidigen Dingel. "HERGESTELLT IN DER KISSENFABRIK KMS", stand auf dem Etikett.

„Sind Sie bewandert in Kissenangelegenheiten, meine Liebe ?", fragte Claere und blickte gespannt zu Fatima hoch.

„Gewiss", erwiderte die Araberin im indischen Tuch, „geben Sie mal her !", und mit gekonntem Ruck zog die Ausländerin das Kissen von Claeres Kopf, so dass diese unter leisem Stöhnen gewaltsam vom Stuhl fiel und diesen damit verließ. Das Kissen wiederum rutschte dabei in hohem Bogen in die Arme des Lakaien, der es vor lauter Schreck fallenließ. Dabei löste sich das Etikett und verschwand auf Nimmerwiedersehen in der Kanalisation, die erst vor Tagen von rivalisierenden Jugendbanden auf den Asphalt gemalt worden war. Schade !

Marika, die einen Grund suchte, die Feier zu hinterlassen, sah sich kritisch um. Zu ihrer Linken saß ein distinguierter, glattrasierter Mann um die 50. Er trank einen Bossanova-Flip, durch Strohhalm. Zur Rechten suhlte sich ein Dreckschwein im öligen Matsch, dass die Schwarte krachte. Sie sprang entrüstet auf und rief nach links: „Schlürfen Sie nicht so !"

Mit schwingender Hüfte spazierte sie hinaus. Die Jagdkapelle spielte langweiligen "Easy Listening".

„Ich fordere", hob der Fünfzigjährige an, er leitete ein Geschäft für Anglerbedarf, „sandigere Tennisplätze, gestiefeltere Kater, gusseisernere Rohre, buntere See-Anemonen, mehr chemische Verbindungen und Fixsterne, mehr Meersalz, bessere Gesangsnoten, größere Zwerg-

Elstern, kleinere Chihuahuas, mehr Reinkarnationen, bessere Ausbildungsplätze, rotere Sonnen, vollere Ärsche, prallere Titten, bessere Operninszenierungen, flottere Musik, heißere Rhythmen, tropischere Cocktails, saurere Zitronen, salzigere Salzheringe, süßere Südfrüchte, schonendere Schonbezüge, mehr Richtlinienkompetenz, aktivere Phlegmatiker, mehr Lenin-Büsten, mehr Ameisen.“

An der Wand hing ausgestopft der Jägeroberbezirksmeister und stellvertretende Vorsitzende des örtlichen Nudel-Mikado-Meisterschafts-Austragungsverbandes Burkhard E. Ein Wildschwein, das irgendwie echt mies drauf war und so, hatte ihn in die ewigen Jagdgründe befördert. Und dem rasierten Angelbedarf-Leiter kam es vor, als sei das neue Jahrtausend bereits angebrochen.
Kris, der seine Höllenmaschine vor dem Clubhaus abgestellt hatte, trat in die kühle Empfangshalle. Das riesige Leninbild, das an der gegenüberliegenden Wand von parteitreuer Künstlerhand aus dem realexistierenden Nichts geschöpft worden war, begrüßte ihn stumm. Krisso spazierte zur Snackbar und erwarb einen frischgehaltenen Schokoriegel. Der Waidmann mit Englischkenntnissen wartete bereits darauf, einen kalten Schaschlikspieß zum Verzehr zu erstehen. Krisser stopfte sich den Schokor in die Hemdbrust und ging zu dem Getöse hinüber, das aus dem Versammlungsfresszimmer stob. Eine Säule in der Mitte des Raumes verhinderte, dass er Marika wahrnahm, die auf dem Weg nach draußen war. Er betrat den rauch-geschwängerten Speisesaal, in dem gerade ein 50-jähriger Mann mit glattrasiertem Kinn mehr Astronomiekenntnisse forderte. Und härtere Dienstaufsichtsbeschwerden. Und Molotowcocktails. Freewaykiller. Die Liste ging immer weiter. Krisserl empfand die Hitze im Saal als zu heiß. Doch der ca. 50-jährige Mann forderte noch mehr Hitze,

noch mehr Zigarettenqualm, sogar noch mehr Happy Family Hours in Bad Canstein. Krisserle hatte genug. Auch wenn der 5Oer forderte, noch größer, noch dicker und noch eitler zu sein, Kris hatte genug. Jetzt war seine Stunde gekommen. Jetzt wollte Krise endlich die Welt bewegen. Jetzt nach all den Jahren endlich mal eine Pina-Colada trinken. Kris schritt auf den Barmixer zu, der hinter einem wartungsfreien Intel Pentium Prozessor stand.

„Eeh ?", sprach Kris zu dem Barmixer (der eigentlich aus Grundgütiger Fluss, Landkreis Grundgütiger Wald, stammte. Aber seine Eltern waren damals von Grundgütiger See, über Grundgütiger am See, nach Grundgütiger Fluss gezogen. Wodurch er automatisch ein Grundgütiger ist). Im Saal verstummte die Musik. Der Zigarettenqualm verzog sich. Alle, aber auch alle, glotzten Kris an. Jetzt erkannte auch Marika den Kris, der da im Scheinwerferlicht stand. Schüchtern sprach sie:

„Waldohreule". Kris erblasste. Das waren genau die Worte, die sie damals im Alter von 8 Jahren (sie war ziemlich klein für ihr Alter) gesagt hatte. Der Saal nahm die Party wieder auf. Ein rothaariger Latein-Jäger, der aussah wie ein toter Vogel ohne eigene Identität, ging auf Kris zu und sprach: „Das war doch nur Spaß ! Hö, he !" Kris streckte ihn mit einer Kopfnuss nieder. Marika aber war den Tränen nahe. Also ging sie los, eine neue CD aussuchen. Sie verwarf den Gedanken jedoch sehr schnell, da hier am Tresen nur Jagdhornbläsermusik-Kompakt-Disks verkauft wurden. Das war nicht ihr Geschmack (sie hörte gern Hardcore-Punk). Stattdessen bestellte sie sich zwei Gläser "Großer Vorsitzender", einer beliebten Kräuterschnaps-Spezialität im "DANIEDERLIEGENDEN HIRSCH". Marika leerte die gehaltvollen Spirituosen jeweils in einem Zug, wischte sich den Mund mit ihrem Unterarm ab, lallte dem Wirt irgendetwas Unverständliches zu und torkelte den

Clubhaus-Korridor entlang, während Krissen in der Empfangshalle nach ihr suchte. Vor dem Vereinsclubraum "Jagd- und Forstbibliothek" blieb sie schwankend stehen, hielt sich am Türrahmen fest, so besoffen war sie, und stakste kichernd hinein. Mit Hüftschwung zog sie ein Lexikon aus dem Regal und schlug es auf...

Angel (german. Stw.;'Spitze') die,-/-n, Fischereigerät, besteht aus einem Haken, der, durch Köder getarnt, das anbeißende Tier festhalten soll, dem Vorfach aus Kunstfaser (Nylon, Perlon u.a.) oder Draht und der Angelschnur aus Seide oder Kunstfaser (Hand-, Wurf-, Grund-, Schlepp- und Legangel); die Rutenangel hat eine stark biegsame, zerlegbare Angelrute mit Rolle zum Ablassen und Aufwinden der Schnur. Der aus Blei gefertigte Senker und der Schwimmer aus Kork lassen den Köder in bestimmter Wassertiefe schweben; außerdem zeigt der Schwimmer an, ob ein Fisch den Köder ergriffen hat. Hierfür dienen Würmer, nachgebildete Fischchen (Blinker; für Hechte) oder künstliche Insekten (für Lachse und Forellen) u.v.a.

Im Saal begann der 4. Vorsitzende an ein Glas zu schlagen. Jetzt sollte die große Zeit der Reden beginnen. Jeder der Vorstandsmitglieder hatte hierzu sein Fachgebiet. Einer der Vorsitzenden sprach meistens über Geo-Thermische Luftverwirbelungen mit Mayo. Das war die Zeit, um noch ein paar Gläser zu schleifen. Ein Waldhorn, ein Jagdhorn erklang und hinein in die Bude stürmte der Miliztrupp des rivalisierenden Kaninchenzüchtervereins. Ausweidmesser wurden geschwungen und spitze Kaninchenhornphalluslanzen. Erst floss Blut, dann floss Bier und stürmische Burschenschaftsgesänge wurden intoniert:

„Der Waldmann, der Waldmann, der ist donnerstags ein Rib-Eye-Steak.“

Geistesabwesend ließ Marika ihren Blick weiterschweifen über Begriffe und Definitionen...

(ˈeindʒəl fɔːl)

<u>Angel Fall</u>
höchster Wasserfall der Erde, im Bergland von Guayana, Venezuela, 809-820 m hoch.

In diesem Augenblick drangen plötzlich mit Gewalt Worte in ihre Eustachischen Röhren, hallten in ihren Hörschneckengängen wider, donnernd wie afrikanisches Pygmäengetrommel zum Auftakt der Jagdsaison, so dass sie das Buch mit einem Schrei zuschlug. Staub wirbelte auf und fegte wie ein Tornado über die Landschaft ihres Gesichtes. Ein lauer Mittvierziger mit Fönfrisur legte seine Hand auf ihre nackte Schulter.

„Wissen Sie, verehrte Marika, ihre Libido ist ein Ross, auf dem Sie, in immer wilderem Galopp, in immer fernere und unbekanntere Gegenden katapultiert werden.“

Sie spürte Herrn Ausgeburts schnaufenden Atem an ihrem linken Ohrläppchen, das eine Idee kleiner war, als das rechte. In dieser Stadt schienen Metaphern sehr beliebt zu sein.

„Was wollen <u>Sie</u> denn hier ?“, brach es aus Marika unter mehrmaligem Aufstoßen hervor.

„Ich biete da ein paar nette neue Turnkurse an“, säuselte der Aerobictrainer. „Hätten Sie vielleicht Interesse ? Boxeraufstand im Badehöschen. Und für Fortgeschrittene den Fett-Weg-Crash-Kurs ’Amnesieheucheln’. Mögen’s, Hä ? Hö ?“, grunzte G. Burt aus.

„Ein formal zufriedenes Leben gleicht alles aus, was in der materiell-bourgeoisen Lebensweise des frühen 20.

Jahrhunderts an Speck und Wabbel angestaut werden konnte. Aerobic ist unnötig ! Aerobic ist Mist !", rief sie mit neuem Mut, mit dem Wagemut, ihm Dinge so in die Trainerfresse zu schleudern, wie weiland Fritz W. dem Studentenführer von Prag die Meinung geigte. Ausgeburt sog entrüstet die Luft ein.

„Sakrileg", dachte er. „SAKRILEG !", rief, ja schrie er.


Währenddessen suchte Kris im Foyer nach Marikarikarika, als ihn jemand aus einer schwächer beleuchteten Ecke der Empfangshalle ansprach.

„Ah, Herr Kris....einen Moment bitte." Der Angler packte ihn am Arm und zog ihn zu sich heran. „So, hab' ich Sie endlich gefunden. Daugorsch jr., dieser Versager, und mein Chauffeur und dieser Fiffig haben mich reingelegt. Und Sie, Kris, haben mein kostbares Mobiliar zerstört mit ihrem Mofa. Ich hatte gerade alles so schön renovieren lassen, Sie debiler Schwachkopf", jammerte er. „Du, das war irgendwie echt nicht konstruktiv, ehrlich. Du, wir müssen darüber reden, du. Ich fänd's halt unheimlich wichtig." Er sabberte leicht, seine Gesichtszüge wirkten hölzern, als wären sie im Erzgebirge geschnitzt worden.

In diesem Moment schoben sich zahllose Mitglieder der "Fröhlichen Menschen e.V." in das Jagd-Clubhaus. Immer mehr drängten nach, so dass die Eingangshalle binnen kurzem mit Menschenmassen angefüllt war.

„Ho-Chi-Min", rief Kris, mischte sich unter die F.M.e.V. und war dem Blick des Anglers entschwunden.


Marika blies Herrn Ausgeburt eine Schnapsfahne in das Turnlehrergesicht. Doch das machte ihn erst richtig scharf. Sie machte Anstalten, gehen zu wollen.

„Marika, liebreizendes Gazellenwunder, warten Sie ! Sie bringen meinen Testosteronspiegel zum Überschwappen.

Kann ich Sie evtl. für Rückengymnastikkurse erwärmen ?"
Seine Anbaggerversuche waren berüchtigt. Er atmete jetzt schwer, röchelte. Plötzlich verliebte sich Marika in den Herrn Hals über Kopf und verspürte den Drang, ihm die Hose auszuziehen. Nervös fingerte sie an seinem Hosenstall und brach dabei eine Rippe aus dem Reißverschluss. Langsam drang sie in seine Hose ein, blieb aber mit ihrem Ehering an den Knöpfen von seinem Lendenschurz hängen. Der Ehering glitt dabei von ihrem Finger, tief herab in die stoffverstärkte Sackhalterschale seiner Schiesser-Unterhose. Erste Tropfen seiner Glückseligkeit beschleunigten das Gleiten des Ringes in den hinteren Teil seines Schlüpfers. Der Ring verselbständigte sich schließlich total und spielte sogar mit dem Gedanken, einmal kurz beim Schließmuskel vorbeizugrinsen. Gesagt, getan. Dieser wiederum schlug Kapriolen vor Begeisterung, so dass sich nicht verhindern ließ, dass Land in die Schlüpferverstärkung glitt. Der Schlüpfer war schließlich ein Tigerslip, vorne gelb und hinten Streifen.
Marika jedoch hatte auf einmal die Lust verloren und kaute gedankenverloren auf ihren gewiss tadellos manikürten Fingernägeln. Sie summte eine Melodie, die sie aus Kindertagen kannte, als sie und Kris die Beweggründe für Motivationsprogramme in Internaten der REZEPTIVEN KATHEDRALE im Stammhirn archaischer Neandertaler-Riten erforschten.


Draußen vor dem Jagdvereinshaus jätete der Gärtner, Herr Körangar, die Beete mit den transparenten Gedankenblumen. Er war ganz versunken in seine Arbeit, so dass er nicht die näherrückenden Berge bemerkte. Eine Raupe (26,4 cm, extrem gute Bodenhaftung auch bei Seitenregen) kam auf ihn zugekrochen und das buschige

Fell des kleinen Insekts sträubte sich beim Anblick des Unkraut zupfenden Mannes. Dieser nahm es mit 2 Fingern auf und suchte im Pelz des winzigen Geschöpfs die Vergangenheit seiner eigenen Retroexistenz, seiner Kryptoexistenz.

„Sehr geräumig", befand er. „Etliche Sonnen- und Planetensysteme haben hier Platz, ohne aneinander zu geraten. Und an der Seite kann man noch bequem 2, 3 Regenschirme oder Krocketschläger unterbringen."

Wind kam auf. Aus dem Inneren des JVH's drang gedämpft Spinettmusik. Er ging zum Fernsprecher, wählte die Nummer des örtlichen Büros der Volksarmee („Volksarmee, örtliches Bureau, guten Taahck") und fragte nach einer dort abgegebenen Tamenhanddasche aus Nappaleder.

„Mit kaschiertem Schlitzeingriff, doppelte Naht, dunkelbraun. Haben Sie sowas ?" Sein Gesuch wurde jedoch an Ort und Stelle an den Nagel gehängt, da die Behördenvertreter mit der logistischen Planung des 15. Weltkrieges beschäftigt waren.


Drinnen im Clubhaus, an der Kamin-Bar, kamen 2 Frauen ins Gespräch.

„Gestatten Sie, dass ich mich Ihnen vorstelle, Lucy Ferari aus El Porto del Sol de St. Antonia del Mar", log Waxanna Epochanskaija, spionöse Weltdame die sie war. Sie trug ein rotes Abendkleid mit enthüllendem Ausschnitt. „Angenehm. Ich bin Claere, aber nennen Sie mich einfach Claire." Ein Blitzlicht löste sie in eine Konjunktion hexenhafter Hochachtung. Ernst, der Reporter der "Jena Times" (ein übler Papparazzo) nickte ihnen anerkennend zu. Titelseite, auf alle Fälle. Waxanna lächelte.

„Ihr seid alle nur meine Brüder", sagte sie. Das Kaminfeuer tanzte sinnlich glänzend auf ihren parteiroten Lippen.

Auf der Veranda verlangte der verschimmelte Cellist des Kammerorchesters nach einem Glas Sherry.

„Einen Gin Tonic, nee, Moment...was hat der Depp denn da geschrieben ?...Ach so, also dann ein Glas Sherry bitte...mag ich eigentlich überhaupt nicht."

Claeres Blicke schweiften umher, machten schließlich Rast bei einem Werbeschild aus Metall. "ECHNATON", las sie. Tatsächlich stand auf dem Schild jedoch: "ECHT NATRON-Magdeburger Magenbitterwerke".

„Beim pickligen Hinterteil des Papstes, ich hätte schwören können...", erstaunte sie sich.

„Eine Sinnestäuschung ?", fragte ihre Gesprächspartnerin.

„Gameshow. Sandburg. Staub der Illusionen ?"

„Sowas hab' ich schon oft erlebt, seit damals auf der Bodhibaumplantage meines Onkels", meinte Claere.

„Ja ?! Dann sind Sie ja eine von uns."

„Oh ja, ich bin eine von uns !", sprach Claere. Dann nahm sie ihre Wanderschreibmaschine aus der Handtasche, legte ein Blatt Papier ein und begann, einen Brief an die Hausverwaltung zu schreiben...

An die
Hausverwaltung
Sachsenring 12
Leibschig

Sehr geehrter Herr Pretoria,
hiermit möchte ich Sie auf den schweren Stechmücken-befall hinweisen. An einigen Tagen glaube ich...

Draußen war Tag. Sämtliche Vögel zogen gen Süden. Die Vogelhändler der Stadt mussten tatenlos mitansehen, wie sich zusehends deren Tresen leerten und sie an eine Stufe des Existenzminimums katapultiert wurden, dergleichen es bisher nur F.I. Lebertransplant in seinem Buch "Eine Stufe des Existenzminimums, dergleichen es zu beschreiben nur ich verstehe" zu beschreiben verstanden hat.

Steffig schaute den Vögeln noch lange besonnen hinterher, als er sich schließlich besann, nach Hause zu gehen, um sich dort mit Fiffi zu sonnen. Soviel Tag hatte Steffig schon lange nicht mehr erlebt. Es war Sonntag. Daheim angekommen bemerkte Steffig, dass die Wohnungstür einen Spalt offen stand. Das kam ihm zupass, da er in der Eile seines Aufbruchs seinen Wohnungsschlüssel hatte absichtlich liegen lassen. Tante Emaille begrüßte ihn mit einem lapidaren „Ich dachte, du wärst tot" und einem Klaps auf das maskulinknackige Hinterteil. Er deutete auf seine Nase.

„Ich bin auf die Nase gefallen, Tante-deren-Fragestellung-eines-mangelnden-emotionalen-Gefühlssphären-Transfers-mir-schon-seit-vielen-Jahren-auf-rein-intellektueller-Basis-als-erörternswert-erscheint. Aber mal was anderes, was gibt's eigentlich im Fernsehen ?"

Die Tante sah ihn eine Weile schweigend an.

„Der Fernseher ist tot, nein, ich meine, nicht mehr vorhanden, quasi im Nirvana verloschen. Du hast ihn vor einigen Jahren schon aus dem Fenster geworfen, weil dir das staatliche Programm nicht gefiel, Abweichler-Steffig." Er setzte sich auf die Couch, nein, ließ sich schlaff in die Polsterkissen fallen.

„Aber was hätte es gegeben, Tante E. ?"

„Nun, auf DDR 1 bringen sie eine Zusammenfassung der planwirtschaftlichen Jahresertragsbilanz der Kombinate Halle, Leipzig, Jena und Suhl."

Steffig vergrub seinen Kopf im Schoß des Sofas.

„Und im Zweiten ?"

„Meine Güte, sieh mal hier. Nachrichten !", rief sie plötzlich aus.

„Und ?"

„Da, schau doch. Schau doch." Ihr knochiger Finger, um den Sie Ziegler in Ohio gewickelt hatte, zeigte auf die Mattscheibe, die nun schwarzweiße Bilder von bekannten Gesichtern bildete: Fiffi wurde, die Hände hinter dem Kopf verschränkt, aus einer Lagerhalle geführt, gefolgt von Daugorsch jr. und einem Mann mit Chauffeursuniform. Alle wurden in einen Bereitschaftswagen der Volkspolizei getrieben und eventuell gegen Westspione ausgetauscht.

„Eu !", sprach Steffig, „da bin ich ja noch mal davonkommen. Alles was recht ist."

„Wat haben die Sülzköppe denn angestellt ?", wollte Tante E. wissen. Sie musste zwar auch auf Klo, aber wollte das Thema nicht ungefragt in das Tagesgeschehen gleiten lassen.

„Die Drei sind Teil der Reaktionären Antirevolution 'Roter Umsturz' oder der revolutionären Antireaktion 'Umstürzende Röte'. Seit Monaten basteln die Heringsköpfe an einem konterrevolutionären Baukasten-Steckspiel zur Infiltration Heranwachsender. Sie haben schon Patent angemeldet."

Tante E. spülte herunter, wusch sich Ellenbogen und Füße und kam wieder zu Steffig in den Raum.

„Hast du mir überhaupt zugehört ?", beschwerte sich Steffig.

„Nein", meinte die entleerte Tante, „und nun noch mal, was haben die Sülzköppe denn nun angestellt ?"

„Die Drei sind ein Teil der zweiköpfigen Partei 'Falstaff, wem Falstaff gebührt' oder der Partei 'Rote Antikörper' vom Mastermind George E. Lovefool, der seinerzeit die

Studentenunruhen in Peking angezettelt hatte. Seit Tagen intervenieren die Mäzene in die Herstellung von Sex-Damenslips für die selbstbewusste alleinstehende Single-Dame. Patent zu sein, hieße potent zu sein", wiederholte sich Steffig.

„Heute abend gibt's Salamischnitten", erklärte sie, als handele es sich um das Warschauer Manifest.

Steffi kam zur Tür rein. Ein Blick auf Steffig genügte, um die Veränderung festzustellen, die sich...na ja, feststellen ließ. Steffigs Nase war beim Sturz um 0,0101 mm verrutscht und erschien ihr irgendwie unattraktiv. Sie verspürte nicht im mindesten den Wunsch, mit ihm die Laken zu zerwühlen. Was so eine Kleinigkeit doch manchmal ausmacht. Die wandelnde Verselbständigung der Make-it-or-brake-it-Philosophie fühlte sich regelrecht abgeturnt von ihrem Steffig.

„Du, Schwesterchen, gerade kam's im TV. Die hohlen Pappköpfe aus der Einheit 'Gigot d'agneau' erklären die Freiheit als eine Macht im Küstenschutz, an und für sich."

Steffig staunte. Soviel Marxistische Intoleranz hatte er sich vor seinem Schwesterchen schon immer erhofft. Gerade diese erotisch-globalen Gedanken brachten ihn dazu, die Blicke auf Steffi zu werfen. Da. So stand sie da. Ein Traum für alle Kampfgruppen der sozialistischen Fakultät in Zivil. Steffig sank zu Boden.

„Jetzt ein gekochtes Eisbein aus der Dose", sprach er, „das wäre die Revolution der Sinne !"

Steffi rülpste laut, aber verhalten. Steffig setzte sich an seinen Mega-Game-Boy und spielte mit der blauen Taste die Loser-Option aus.

„Ach übrigens, morgen früh reise ich ab nach Los Angeles...", verkündete Tantemaille, „um dort an einer Gewerkschaftstagung der 'Innung der Namenlosen Resonanz' teilzunehmen. Es soll erörtert werden, ob und inwieweit wir des Teilhaftigen teilhaftig werden können, in der Supra-Weltsicht einer geteilten Existenz-Schlaufen-Überlappung.“

Sie fächelte sich mit einer älteren Ausgabe des "NEUEN DEUTSCHLAND“ frische Luft zu.

„Kinder, ist das heiß hier !“

Was aber war mit der Alloquenz der leidenden Kreatur innerhalb der glücklichen Kreatur im Sinne einer Verästelung der Real-Traum-Ebene, der Dingsda-Schicht, na dieser...dieser Hohlraumspiegelung im Affekt ? Würde auch das in L.A. eine Rolle spielen und im Diskurs seziert werden ? Wir wissen es nicht. Vielleicht hätte P. Poelzlem es gewusst. Vielleicht auch nicht.

„Meine Lieben, es war ja ganz nett bei euch, aber ich bin froh, wieder in die imperialistischen Staaten zurückzukehren, wo die revolutionäre Erhebung der Arbeiterklasse noch in den Kinderschuhen steckt und viel Basisarbeit geleistet werden muss.“

Sie ging zur Tür raus und kam wieder herein, ging wieder aus dem Zimmer heraus und kam erneut herein und ging heraus, kam daraufhin nochmal rein, ging raus, betrat den Raum ein weiteres Mal und verließ ihn wieder, und kam schon wieder rein. Sie ging raus und kam raus, und raus. Anschließend ging sie wieder rein.

„Wer hilft mir beim Kofferpacken ? Freiwillige vorgetreten !“

„Ich, ich“, schrien Steffi und Steffig beinahe dermaßen synchron, dass Tantemaille eine Phasenverschiebung hätte leugnen müssen, obwohl sie der Meinung war, dass beide hätten „Wir, wir“ schreien müssen. Aber egal. Es war an der Zeit, sich einzuchecken, zur Not auch ohne Koffer.

„Tantchen, Tantchen, du musst bald einchecken“, drohte Steffi mit hämischem Grinsen und kauerte sich in die

Couch. Steffig verstand Steffis Anmache gleich richtig und zwinkerte ihr zu.

„Tantchen, Tantchen, du dumme Sau, du Dreckschleuder, du Schmutzerin und Votze mit F, du Fickschachtel mit Geltungsdrang, du neues Deutschland, du Wasser- und Erblasserin aus Mähren, du Tante, du", entfuhr es Steffig unverständlicherweise, da er seine Tante schon seit Kindertagen präferierte.

„Ja, was ist denn, Steffig ?", tranquilisierte sie ihm entgegen.

„Wie kann sie nur so ruhig dabei bleiben", dachte Steffig. „Ich hab' doch nun wirklich meine besten Schimpfwörter benutzt, na ja". Er schlug noch einmal sein Nachschlagewerk der Schimpfwörter namens "Schimpfwörternachschlagewerk" auf und stieß dabei dermaßen auf einen passenden Absatz, dass er dabei ganz doll Aua machte:

> "Wenn ihnen die Schimpfwörter ausgehen,
> probieren sie es doch einmal damit, die
> Wortzusammensetzungen zu vertauschen.
> Beispiel: Aus 'Fickschachtel mit Geltungsdrang'
> wird 'Geltungsschachtel mit Fickdrang' oder
> 'Geltungsfick mit Drangschachtel'."

Steffig war schwer enttäuscht von seinem Buch, welches er zu Weihnachten von Tante Emaille geschenkt gekrochen bekommen hatte. Da eilte Steffi zu ihrem Bruder und machte ihn auf den nachfolgenden Absatz aufmerksam: „Lies mal hier, Steffig, das ist besser !" Gespannt folgte er ihrem Rat und las:

> "Wenn auch das nichts nützt, holen Sie bitte ein
> Küchenmesser aus dem Badezimmer und stechen
> wahlweise in den Brustbereich oder in den
> Halsbereich der Person, die sich später ja mal
> Opfer nennen darf."

„Lyrisch, lyrisch, aber geil", begeisterte sich Steffig, sprang auf und zückte ein Messer aus greifbarer Nähe und stürzte sich auf's Tantchen. Plötzlich hielt er inne. „Ja, und nun ?", wusste Steffig nicht mehr weiter. „Was mach' ich jetzt ?" Er legte das Messer beiseite und schlug nochmal nach.

„Lass dir doch helfen, Jung'", fuhr die Tante dazwischen. „Du musst jetzt wahlweise in meinen Brust- oder Halsbereich stechen, guck mal, so." Emaille nahm behilflicherweise das Messer entgegen und stach beispielhaft in die o.a. Körperteile mehrmals ein. Dann brach sie blutend zusammen, brachte es aber vorher noch fertig, ihren Rock geradezuziehen. Bevor sie starb, sagte sie noch: „...Ziegler...Zieglerbaby..." Dann verstummte sie abschließend.

Steffi und Steffig verscharrten die Leichentante noch schnell vor den 8-Uhr-Nachrichten, verpassten aber dennoch die Wettervorhersage. Das ärgerte beide maßlos. Dann wurde es spät und Nacht.

Karl-Marx-Stadt am Ende des Tages. Eine undifferenzierte Walnussverkäuferin verkaufte langstieliges Eiskonfekt an jedermann. Niemand kaufte etwas von der langstieligen Auszubildenden, bis auf einen Mann mit zwei kleinen Kindern und drei Dackeln.

„Politikerschweine, Wirtschaftsschweine, Wissenschaftlerschweine, drei Eis bitte, Militärschweine, Rüstungsschweine, Industriellenschweine, Finanzschweine.“

„Dreimal Walnuss ?“, fragte die junge Frau.

„Demagogenschweine, Kommunistenschweine, Kapitalistenschweine, Faschistenschweine, haben Sie denn auch andere Sorten ?“

„Nein.“

„Kulturschweine, Medienschweine, Fernsehschweine, dann 3x Walnuss, Feuilletonschweine, Intellektuellenschweine, Jägerschweine...“

„Gern. In der Waffel oder im Becher ?“

„Religionsschweine, Kirchenschweine, in der Waffel, Fundamentalistenschweine...“

„Hier bitte, macht 1,50, der Herr.“ Der Mann bezahlte und jeder der drei Dackel streckte die Pfote aus und nahm ein Eis entgegen.

Die Stadt lag in ihrem eigenen stillen Fett danieder. Die Straßen rochen nach Fischmehlwürfeln. Die Lampenrettiche der Korrespondenz des Erzherzogs Gundolf von Lothringen-Wuppertal zu Wipp-Gerolstein gewannen an Plastizität. Das Idol einer vergangenen, verlorenen Generation (im Rousseau'schen Sinne) wusste um sein urbanes Bahnhofsstellwerk.

Die Uhr schlug 5. H.Q. Girlanda, eben am KMS-Airport mit dem Taxi eingetroffen, stand an der Zollabfertigung, direkt hinter ihm eine Delegation chinesischer KP-Funktionäre, die zu einem Sightseeing-Trip in das sozialistische Bruderland gereist waren und alles und jedes im Terminal wie manisch fotografierten. In diesem Moment fiel H.Q.'s Koffer vom Förderband, einer freundlichen Zollbeamtin vor die Füße.

„Haben Sie etwas zu..." Das prallgefüllte Kofferle platzte auf und der Inhalt schwappte über den glatten Polyvinylfaser-Flughafenboden: Boxershorts, die "Prawda", Lockenwickler, Angel- und Jagdsportmagazine, Pterodaktylen, Seifen, Seifenschälchen, Sandalen, Sandaletten (Sandaletten: Nicht zerbrochene Sandalen in einer Plastikschale, wiederum in einer Pappröhre, mit einem roten Band rum.) „Etwas zu verzollen, der Herr ?", fragte die Airportangestellte unbeirrt.

„Nö."

„Liebling", hechelte sie. Er ging.

Auf dem kachelglänzenden Linoleum der Abfertigungshalle wartete bereits der Angler auf Girischlund.

„Sie waren nie hier, Herr Anglist", sprach er zufrieden, zufrieden mit sich und dem Geld.

„Natürlich nicht."

„Natürlich nicht."

„You say TOMÄITO and I say TOMAHTO..."

Die beiden Männer sahen sich voller Verständnis an. Ein gegenseitiges Übereinkommen, das den Tag vereinfachte und die Sachen rund laufen ließ. Ohne ein weiteres Wort wandte sich der Angler ab und stieg in den nächsten Flieger. Girlanda hörte noch das seidenweiche Kneifen von Anglerfingern in Stewardessenpopos und das Dröhnen der Turbinen. Dann entstand eine geothermische Luft- verwirbelung und Ruhe war.

„Flug 3429 nach Erfurt über Gera, planmäßige Abflugzeit 18.45 Uhr, verschiebt sich um eine Milliarde Jahre, die Passagiere werden gebeten, in der Warte-Lounge C Platz zu nehmen", ertönte die Ansage. „Der Trupp kubanischer Söldner aus Angola an der Gangway 3 wird gebeten, ihren

Schwager in Bielefeld anzurufen", dröhnten die Lautsprecher aus ukrainischer Produktion. Draußen auf dem Rollfeld stürzten sich Lemminge auf's Rollfeld. Girlanda schaute auf die Anzeigetafel für die Abflüge.
„Wenn endlich mal was passieren würde. Warum stürzt jetzt nicht mal ein Flugzeug ab ? So richtig mit vielen Toten und Verletzten. So eine richtige Explosion." Ein Kofferkörperschaftstreuerverbandsaushilfsträger (Kuli) schaute nur. „Oder eine Massenschießerei. Vielleicht... Noch besser wäre ein Terroranschlag von kurdischen Extremisten auf Heimaturlaub."
Ein Starkstromkabel riss aus seiner Verankerung und fiel auf den taunassen Airportlandebahnboden. Elektrische Entladungen donnerten über das Kofferverladeband.
49 Tote !

Kris saß in der leeren Elchtruhe, die er Allerheiligen '91 für einen Fuffy erstanden hatte und die seitdem zu seinen Topmöbeln zählte. Der warme, holzige Geruch, der aus der Bereitschaftsvakanz dieser bretterhaften Ruhestätte, diesem Gemütssarg jungfräulicher Verklärung aufstieg, hatte ein beruhigendes Influential auf ihn. Kam voll erdmütterlich. Mit dem gewissen Knacks im Holzloch. Für den Mann im Mann. Dennoch musste er wieder wiederholt daran denken, wie die schmerzliche Kluft zwischen ihm, Krismann, und seiner geheirateten Braut Marika, der spitzen Maus, zu einem aufwühlenden Konglomerat aus "Lasse ziehn, Alla" von F.l. Lebertransplant und "Bissblödwennesegehnläss" von Angina Pektoris ausuferte. Er kam nicht umhin, in diesem Zusammenhang auch an Marika zu denken.

Schmunzelnd entsann er sich lieber Worte, die sein Freund und Mitschüler Walther PPK vor Jahren in sein Poesiealbum geschrieben hatte: "Nekki Fakir am Hut". Ein Satz, der rückwärts gelesen wie eine Aufforderung erscheint, derer nachzukommen er unaufgefordert jederzeit bereit gewesen wäre. Ach ja, Walther PPK, Gott hab' ihn selig.

Kris fühlte sich scheißalleine. Außerdem roch die Elchtruhe, in der er es sich mittlerweile richtig gemütlich gemacht hatte, überhaupt nicht nach Elch. Der Verkäufer musste ihn wohl damals derbe beschissen haben.

„Keiner hat mich lieb", bemerkte Kris narzisstisch. „Selbst der hehrste & edelste Moment geht zu Ende und wird (wie eine Sandburg vom Meer) von der großen, profanen Banalität des Alltags hinweggespült." Er brachte seine Beschränktheit immer wortreich zum Ausdruck. „Seitdem ich mit Marika auf den 'Rosa Luxemburg und Karl Liebknecht-Gedenkfeiern' gewesen bin, habe ich mich nicht mehr so leer und ausgebrannt gefühlt."

Kris wäre damals um ein Haar zum "Held der Arbeit" ernannt worden, aber dann erklärten sie ihn kurzerhand zum "Konterrevolutionär". Er bewegte seinen rechten Fuß, wiggled his toe, und stieß dabei einen hinduistischen Tempel um (Format 1:280), der in der Truhe abgelegt war. Das kleine, maßstabgetreue Schwimmbecken des Radschas lief aus und ergoss seine 0,2 l Leitungswasser samt der miniaturalistischen tempeleigenen Freudenmädchen über den schonbezugschonbezogenen Elchtruhenuntergrund. Glucksend floss das Teilwasser (ca. $^3/_4$ des Gesamtvolumens) durch ein Astloch ab, bis eine braunbrüstige Herrschergespielin das Leck für die voraussehbare Zeit verstopfte.
Er trat ans Fenster und sah hinaus. Seine Maschine, sein Bock, brannte lichterloh. Ein Racheakt der reaktivierten Antiantibewegung "Brumm-Kreisel", oder so. Er konnte sich diese komplizierten Namen nie merken.
Er hörte den Haustürschlüssel im Schloss klappern. Marika stand vor ihm ! Kris starrte sie an. Hatte sie schon immer diese komische Nase gehabt ?
„Kris ! Mein Kris !"
„Schatz !", schrie er, ihren Namen im Langzeitgedächtnis suchend. Sie rannten aufeinander zu und fielen sich in die Arme. „Weißt du noch, was Walther PPK, Gott hab' ihn selig, vor Jahren in mein Poesiealbum geschrieben hat, weißt du das noch ?", schrie er Marika freudestrahlend an.
„Wie könnte ich das vergessen, mein Liebster", erwiderte Marika und schien sich nun geistig dermaßen auf den gefragten Inhalt vorzubereiten, als gälte es, einen Vortrag vor tausenden von Leuten zu beginnen: „Nekki Fakir am Hut", stieß es aus ihr gekonnt hervor. „Rückwärts gesprochen heißt das..."
In diesem Moment schnappte Kris sich seine Marika und nach Luft, riss ihr den BH vom Schritt und zog ihr

anschließend Pullover, Hose und einen Strumpf, sowie Handschuhe von den Füßen, im Taumel seiner Wollust, als Sklave mittendrin.

| | |
|---|---|
| Penis (von Kris): | Öffne bitte, mach auf ! |
| Vagina (v. Marika): | Ach, du bist's. Tag. Hallo. Nett, dich auch mal wieder zu sehen. Aber was stehst du denn da draußen herum ? Komm doch rein. |
| Penis: | (Stoßseufzer) Ja, danke. |
| Vagina: | Komm erstmal rein und mach's dir bequem. Was ist denn los ? Du siehst ja ganz geknickt aus. |
| P: | (es überhörend, wirft sich auf die Couch) Bei dir ist es immer noch am schönsten (räkelt sich auf den Kissen, reckt und streckt sich). |
| V: | Möchtest du etwas trinken ? |
| P: | Einen trockenen Martini, bitte. |
| V: | (die Anspielung ignorierend, ihm ein Glas reichend) |
| P: | Ach, ich...(steht auf). |
| V: | Was ist denn jetzt schon wieder ? Rein, raus, du kannst dich auch nicht entscheiden, was du willst. |
| P: | Ich geh' nur schnell Zigaretten holen. Bin gleich zurück. |
| V: | Das hoffe ich. Mein ganzer Tagesablauf ist deinetwegen durcheinander... |
| P: | (kommt zurück) So. |

V:          Für die Zigarette danach, was ?
            Gott, bist du altmodisch.
P:          (lächelt) Nur donnerstags. (er
            nimmt sie in den Arm, streichelt
            sie zärtlich, sie gleiten auf die
            Couch und küssen sich innig)

Manifest des allegorischen Eros hin und Fickschlacht her:
Abschwenkend vom Gewühl auf Couch und Teppich
öffnete sich der Wandschrank und der Gast stürzte heraus.
Der Bananensüchtige. Er rollte zwischen die beiden, was
echt hinderlich war und verlangte endlich seine Leiter. Der
Hund aus der Jägervereinshalle jaulte auf. Kris packte ihn
und warf das Tier vom Balkon.
„Leiterdienststelle !", rief der Bananensüchtige in das
Telefon. „Die ABS-Stelle, die letzten Montag frei geworden
ist, kann jetzt..." Marika schlug den Gast mit der
Spechtlampe von Mansado nieder. Dann warfen sie den
Störo von der Balustrade. Der Junge prallte auf den Köter.
Kris und Marika befassten sich wieder miteinander,
während im Balkonpflanzenblumentopf das Keimtütchen
(GARTEN E.) im Wind schaukelte. Wieder sklavte er sich
unter ihre Lust. Und Sie unterwarf sich in süßer
Verzückung. Kris fuhr mit seiner Hand über ihr pfirsich-
rundes, festes Gesäß.
„Mari...Marika...", keuchte Kris. Ihre verhüllten, dann
entblößten Brüste hoben sich, senkten sich in schneller
Folge. Sein Becken drängte sich gegen sie, wie eine
Seidenraupe im Kimono. Oder wie im Kino,
Seidenräupchen. Die Stoßfrequenzen kamen nun immer
schneller. Es regnete Hunde und von den
darüberliegenden Balkons prasselten Wölfe hernieder.
„Aaaaaaaaaaaaaaaaaaaaahhhhhhhhhhhhhhhhh !!!"

Kissenschlachten waren immer ein Ereignis für Jung-Marika und Jung-Kris bei den FDJ-Jungschar-Ferienaufenthalten im Uralgebirge. Sie quiekte und zappelte, Schenkel flogen. Dann reichte Marika ihren Orgasmus termingerecht nach. Etwas spät, aber dafür umso feuchter.
„MMMMMMMMMMMMMmmmmmmmmmmmmhhhhhh."

Ein Funkenschauer schoss aus der Steckdose neben dem 20x24-Einbauschrank. Die darin deponierten grüngelben Kokons rochen zart nach Paprika, der grundsätzlich auf der Südhalbkugel angebaut wird. Daneben befand sich auch nach Marikas Orgasmus noch immer ein tragbarer Fernseher, bei dem allerdings der Lautstärkeknopf defekt war. Deshalb wurde dieser auch schon einmal repariert, und zwar bei der Fa. Lebertransplant in Wanne-Eickel. Nebenan auf dem Bett lag das grüne Sakko. Es wechselte seine Farbe zu weiß...
sagte Seite zu dem gegenübersitzenden Fahrgast. Die S-Bahn wurde langsamer, fuhr in den Bahnhof Jungfernstieg ein und kam zum Stillstand. Der Fahrgast erhob sich, bedachte Seite mit einem dankbaren Lächeln und stieg aus.


ENDE

Die Handlung dieses Romans ist frei erfunden. Jede Ähnlichkeit mit lebenden oder verstorbenen Personen wäre rein zufällig.

*Der Autor dankt:*

*Arne Buggenthin, Michael Hamdorf, Michael Hemstedt, Michael Path und Oliver Saatz*

# In Memoriam

Michael "Hammi" Hamdorf   (1965 - 2007)